VILLA
DES DUNES

DU MÊME AUTEUR

LA VIE À RECULONS, Hachette, *Poche jeunesse*, 1994.

L'ÉCOLE QUI N'EXISTAIT PAS, Le Fleuve Noir, coll. « frayeur », 1994.

LA BIBLIOTHÉCAIRE, Hachette, *Poche jeunesse*, 1994.

L'ENVERS DU DÉCOR, Hachette, *Poche jeunesse*, 1996.

PETITE CHANSON DANS LA PÉNOMBRE, Anne Dugüel, Florent Massot-Actes Sud, coll. « Poche revolver fantastique », 1996.

LE MANÈGE DE L'OUBLI, Nathan, *Pleine Lune*, 1996.

LA PETITE FILLE AUX ARAIGNÉES, Anne Dugüel, Denoël, *Présence du fantastique,* 1996.

NE VOUS DISPUTEZ JAMAIS AVEC UN SPECTRE ! Hachette, *Vertige cauchemar*, 1996.

LA FORÊT DES HURLEMENTS, Hachette, *Vertige cauchemar,* 1996.

DESTINATION CAUCHEMAR, Nathan, *Lune Noire*, 1998.

LA FILLE AU CHIEN NOIR, Hachette, *Vertige science-fiction*, 1998.

J'IRAI DORMIR AU FOND DU PUITS, Grasset, 1999.

QUI HANTE LA TOUR MORTE ? Magnard fantastique, 1999.

GUDULE

VILLA DES DUNES

GRASSET-JEUNESSE
Lampe de poche

Loi n° 49-956 du 16 juillet 1949
sur les publications destinées à la jeunesse.

Prologue

Anna se regarde dans le miroir, se détaille et s'étonne. C'est elle, ça ? Ce visage émouvant aux pommettes rougies, aux yeux trop brillants, empreint d'une gravité presque adulte, c'est le sien ?

C'est.

On a pu aimer passionnément ce visage-là ?

On a.

Il y a quelque part, sur une route, un garçon que ce visage-là hante. Qui risque sa liberté — sa vie, peut-être ? — pour ce visage-là. Et dont les lèvres fourmillent encore de baisers, dont la mémoire flambe de désir. Pour ce visage.

Franchement, Anna n'en revient pas. La fille, là, dans le reflet, elle a soudain envie de l'aimer, elle aussi. À travers ses larmes, elle lui sourit.

Sur le meuble en face d'elle, un cahier. Son journal intime. Elle le prend, l'ouvre machinalement. Et, d'une main qui tremble un peu, feuillette les pages couvertes d'une fine écriture ; la sienne.

Tout est là, toute l'histoire. Ses troubles, ses espoirs, ses souffrances, mot après mot. Et ce nom qui, au fil des pages, apparaît de plus en plus souvent.

Dylan.

Le nom inoubliable d'un premier amour.

Le 23 juillet

Génial, papa et maman sont d'accord ! Je n'irai pas avec eux en vacances à Spa, comme chaque année. Ouf ! J'échappe à la méga-corvée… Maman m'a dit d'un air un peu pincé : « Mamy sera bien déçue de ne pas te voir ! », mais ça, c'était juste pour me culpabiliser. Elle est très forte à ce petit jeu-là : vous envoyer, mine de rien, une réflexion insupportable à la figure, et ajouter tout de suite après : « Mais c'est toi qui décides, hein ! Je ne veux surtout pas t'influencer ! »

Heureusement que papa est intervenu. Il a haussé les épaules en lançant à maman :

« Voyons, Yvonne, tu sais bien que ta mère ne se rend plus compte de rien ! Même toi, elle ne te reconnaît pas, alors, la petite… »

Puis il m'a tapoté la joue, et ses yeux étaient pleins de tendresse.

« Pars à la mer avec les Hermans, Anna chérie ! Tu t'amuseras mieux qu'avec nous, et en plus, tu leur rendras service. Ne te tracasse surtout pas pour ta grand-mère, nous serons assez de deux pour nous en occuper… »

Dans le temps, j'aimais bien aller à Spa. Mamy habitait sur les hauteurs, au milieu de la forêt, et un ruisseau traversait son jardin. Je passais toutes mes journées à barboter dans l'eau avec la chienne Poupoune. Les parties de rigolade qu'on s'est payées, toutes les deux ! Mais Poupoune est morte, et comme mamy perdait la tête, on a dû la mettre en maison de retraite. Depuis, bonjour les vacances ! Hôtel, petite promenade, retour à l'hôtel, visite à mamy, re-petite promenade, re-retour à l'hôtel. Et le lendemain, ça recommence. Mes parents apprécient assez ce genre de programme soporifique — normal, à leur âge ! — mais moi je m'ennuie à mourir. Au point que, maintenant, j'ai pris Spa en grippe…

C'est bien simple, les vacances là-bas me sortent tellement par les oreilles que je préfère encore le bahut. La fin de l'année scolaire, je l'ai vue arriver avec terreur. D'autant que, plus le mois de juillet approchait, plus les copains échafaudaient de projets. Les derniers jours, la classe ressemblait à une agence de voyages. Chacun y allait de son couplet exotique : la Turquie pour Stéphane, l'Espagne pour Antoine. Et pour Sophie et Laure, le midi de la France et le Portugal… Sans parler du Club Med, des activités sportives, des safaris-photos, des randonnées, des stages de voile, de théâtre, de poterie, que sais-je encore ?

J'étais la seule à ne pas ouvrir la bouche.

« Et toi, tu vas où ? » ont fini par s'étonner les autres.

Moi ? pffff... Spa, petite ville d'eau des Ardennes belges, trois rues et demie (de caractère), deux mille habitants à tout casser (retraités pour la plupart), et pas un chat dehors après neuf heures du soir.

Effarement des copains : « Ah bon ? Et tu fais quoi, là-bas ? »

Hôtel, petite promenade, re-hôtel. Visite à mamy dans le parloir de la maison de retraite. Re-promenade, entre un papa et une maman quinquagénaires...

Y a de quoi avoir les boules, non ? J'ai quinze ans, merde ! Si je ne m'amuse pas maintenant, ce sera quand, hein ?

L'an dernier, j'ai fait du forcing pour aller en camp d'ados. Il restait encore de la place dans celui de ma copine Mélanie : descente de la Meuse en canoë avec campement sauvage le long des berges. La vraie aventure, quoi ! Paraît que c'était extra, mais maman n'a rien voulu savoir. « Dépenser une fortune pour passer un mois Dieu sait où, avec Dieu sait qui et dans des conditions que je n'imagine même pas ? Quelle drôle d'idée ! Tu n'es pas bien avec nous, en Ardennes ? » Faut dire, à *L'Hôtel des*

Fagnes, qu'on prenne la chambre pour deux ou trois, le prix est le même…

Mois d'août sinistre, donc. Et je m'attendais à remettre ça cette année encore, quand miracle ! M. Hermans, le libraire chez qui je vais de temps en temps faire du baby-sitting, m'a proposé de m'emmener à la mer, avec sa femme et ses enfants. Mme Hermans est enceinte, elle a besoin de quelqu'un pour s'occuper de Cédric et Clémentine. Moi, j'ai sauté sur l'occasion, évidemment ! Restait à convaincre mes vieux…

Eh bien, à mon grand étonnement, ils ont accepté presque tout de suite. À part la petite phrase perfide de maman : « Mamy sera déçue… etc. », ça a marché comme sur des roulettes. Je suis folle de joie. Faut dire, j'adore les Hermans. Ils sont si jeunes de caractère. Et leurs deux bouts de chou, j'en raffole. Ah, si j'avais eu un petit frère et une petite sœur comme eux… Etre fille unique, ce n'est pas marrant tous les jours.

On part le 1er août à l'aube. Dans une semaine, exactement. Le pied total ! Je suis vraiment sur un petit nuage…

Le 27 juillet

Plus que quatre jours. Mes bagages sont prêts, archiprêts. J'ai déjà changé au moins trois fois le contenu de mon sac à dos. Si je m'écoutais, j'embarquerais toute ma garde-robe. Mais je sais bien que c'est ridicule : on prend toujours trop de fringues. Ça sert à quoi, si on ne les porte pas ? Il me faut des trucs cool, qui me vont bien et pas trop salissants. Jeans et T-shirts, essentiellement. Et ma petite robe jaune, pour si on sort un soir. Le jaune, c'est joli sur la peau bronzée. Et mon short aussi. Et mon jogging gris : au bord de la mer du Nord, il y a souvent du vent. Et mon maillot. Et puis ma salopette rayée…

Le problème, c'est qu'avec tout ça dedans, impossible de boucler mon sac. Je crois que je vais retirer un de mes jeans. Le noir. Après tout, deux, c'est largement suffisant, surtout si j'emporte ma salopette !

Le 28 juillet

Hier, je suis passée voir M. Hermans à sa librairie. Il est très content que je les accompagne, et m'a dit qu'il se chargeait d'emmener de la lecture.

« Quel genre de bouquins préfères-tu ? » m'a-t-il demandé.

J'ai pas osé avouer que c'étaient les romans d'amour.

« Un peu de tout, j'ai répondu.

— Bon, ben je choisirai un peu de tout. »

Comme je le remerciais, il s'est mis à rire.

« Tu veux me faire plaisir, Anna ? »

J'ai assuré que oui, bien entendu.

« On va vivre ensemble durant un mois, alors autant arrêter les chichis tout de suite. Oublie les "monsieur" et "madame", je me nomme Théo et ma femme Rosy. O.K. ?

— O.K. monsieur Herm… euh, Théo. »

Il a prix un faux air fâché.

« Attention : chaque fois que tu m'appelleras "monsieur", moi, je te dirai "mademoiselle" ! »

Ça commence bien, ces vacances. Très bien, même ! J'ai hâte d'être trois jours plus vieille !

Le 1er août (9 heures et demie du soir)

Et voilà, je suis dans ma chambre avec vue sur les dunes. Le soleil se couche, et une lumière rouge baigne toute la pièce. Je me sens divinement bien.

Mais je vais commencer par le début, en tâchant de n'oublier aucun détail. Cette sacrée journée en vaut la peine !

Il était à peine huit heures, ce matin, quand on a quitté Bruxelles. La voiture des Hermans — une vieille camionnette V.W., qui sert à Théo pour ses livraisons de livres — était pleine à craquer. Entre les bagages, les jouets, les gamins et le panier de la chatte, on a eu un peu de mal à se trouver une petite place, mon sac et moi. Illico, Clémentine a grimpé sur mes genoux. Elle était complètement craquante, avec ses couettes et sa petite robe d'été à fleurs. Une vraie poupée… Mais une poupée vivante, de cinq ans et des poussières, et qui ne tenait pas en place ! Aller à la mer l'excitait comme une puce. Heureusement, Cédric, lui, est raisonnable. C'est un « grand » de huit ans…

Papa et maman m'avaient accompagnée jusqu'à la voiture pour me faire leurs adieux.

« Je vous la confie ! a dit maman à Rosy. Elle n'a pas l'habitude d'être séparée de nous… »

La honte, devant les Hermans ! J'ai sifflé entre mes dents : « Enfin, m'man, je ne suis plus une gosse ! », et maman a souri avec indulgence.

« Bien sûr, ma chérie, mais on ne sait jamais, tu peux avoir un coup de nostalgie… S'il y a le moindre problème, n'hésite pas à nous téléphoner !

— Il n'y aura pas de problème, ne vous inquiétez pas ! l'a rassurée Théo en mettant le moteur en marche.

— On s'occupera d'Anna comme de notre propre fille ! » a ajouté Rosy.

Maman s'est serrée frileusement contre papa, et tous deux ont levé la main tandis que la Volkswagen démarrait. Ils me semblaient si fragiles, tout à coup… Avec, quand même, un petit pincement au cœur, j'ai vu leurs deux silhouettes enlacées diminuer, diminuer, puis je les ai perdus de vue parce qu'on avait tourné le coin de la rue.

« Dur à couper, hein, le cordon ombilical ! a pouffé Théo.

— Pas pour moi ! j'ai protesté. Mais ma mère est du genre… un peu étouffante.

— C'est ce que j'avais cru comprendre.

— Mettez-vous à sa place, est intervenue Rosy. On ne voit pas grandir ses enfants… »

J'ai senti Cédric sursauter, à côté de moi.

« Tu ne me vois pas grandir ? s'est-il écrié. Alors, pourquoi tu te plains toujours que mes vêtements deviennent trop petits ? »

On a tous éclaté de rire, ce qui a achevé d'énerver Clémentine. Elle s'est mise à pousser des cris aigus, et Théo a élevé la voix pour la faire taire. Du coup, elle a fondu en larmes et il a fallu la consoler. Le voyage commençait à peine. On en avait encore pour deux cents bornes d'autostrade*...

C'est alors que j'ai eu une idée de génie. J'avais remarqué que la bande de terre séparant les deux voies était pleine de lapins. On les voyait jouer tranquillement dans la verdure, sur ce territoire de deux mètres cinquante de large et de plusieurs centaines de kilomètres de long. Ils vivaient là comme sur une île, une sorte de ruban d'herbes bordé à droite et à gauche par l'asphalte tueur. Sûr, pour ces lapins-là, la mort n'avait ni le treillis kaki ni le fusil d'un chasseur, mais quatre roues, un moteur et des phares... Ça m'a inspirée, et j'ai improvisé les aventures d'un lapin aventureux qui veut quitter le terre-plein natal pour découvrir le vaste monde. Les enfants étaient passionnés... et leurs parents aussi ! Lorsque l'histoire s'est terminée, on était déjà presque à la moitié du chemin.

« Quelle imagination ! s'est exclamé Théo.

— Et quelle patience ! a admiré Rosy. Même

Clémentine s'est tenue tranquille, c'est une performance ! »

Bref, une demi-heure à peine plus tard, on apercevait la ligne bleue de la mer, à l'horizon.

Les enfants se sont mis à trépigner. Ils voulaient à tout prix descendre et se baigner. Il a fallu que Rosy se fâche pour qu'ils acceptent d'attendre d'être arrivés à Oostdunkerke. Pendant une bonne vingtaine de kilomètres, on a longé la digue. C'était marée basse, et derrière le parapet fraîchement repeint en blanc et vert, la plage grouillait de monde.

Puis on est rentrés vers l'intérieur des terres, on a pris une petite route à moitié ensablée, et on s'est arrêtés devant la barrière d'une grosse maison.

Tout le monde a débarqué avec un réel soulagement. Clémentine avait les joues cramoisies et les cheveux poissés de sueur, le T-shirt de Cédric était trempé dans le dos. Quant à moi, mon jean me collait méchamment aux cuisses. La petite brise légère qui soufflait du large a eu vite fait de sécher tout ça.

« La villa des dunes », a dit Théo en montrant la maison.

C'était une construction de brique rouge, un peu mastoc et biscornue, comme on en voit sur les cartes postales d'avant-guerre. Elle était bâtie au beau milieu du sable, complètement isolée. Un jardin un peu fou, très mal entretenu mais plein de charme, l'entourait. J'ai surtout adoré les roses aux trois quarts sauvages — des roses des sables, je suppose, d'un jaune presque orangé — qui débordaient des parterres et grimpaient n'importe comment le long de la façade.

Sans me laisser le temps de sortir mon sac, Cédric m'a saisie par la main.

« Viens voir le bunker ! »

Eh oui, il y avait un bunker dans le jardin. Un vrai, de la guerre de 40. Toute la Côte a beau en être truffée, c'est tout de même bizarre d'avoir *ça* chez soi !

« On peut entrer dedans ? » j'ai demandé.

Déjà, Cédric avait escaladé l'espèce de monticule de ciment, couvert de sable et d'herbe, pour atteindre une sorte de trappe ronde en métal, au sommet.

« Regarde ! »

Il a ouvert la trappe, et une bouffée d'air froid s'en est échappée. Des marches en ferraille, scellées dans le béton, descendaient au fond, à la verticale.

« Y a aussi une ouverture par en bas, mais faut la déboucher.

— Comment ça ?

— Ben, l'hiver, le vent pousse le sable devant et l'obstrue. T'as pas remarqué, le long du chemin en venant ? Les bunkers sont tous à moitié enterrés. »

Au même moment, Rosy a appelé son fils.

« Cédric, viens chercher tes affaires et monte-les

dans ta chambre ! On s'installe d'abord, on visite après ! »

Nous sommes redescendus du bunker quatre à quatre. Tout en vidant la voiture, Théo m'a expliqué :

« Cette villa est dans ma famille depuis plusieurs générations, c'est mon grand-père qui l'a fait construire. Mes frères et moi, on y passait tous nos étés. Mes meilleurs souvenirs d'enfance se déroulent ici…

— Et le bunker ?

— Je l'ai toujours connu, c'était notre terrain de jeu de prédilection. Avec mes frangins, on rechignait presque à aller sur la plage, tellement on s'amusait là-dedans… Pour jouer à la guerre, ou à l'attaque du château fort, ou aux cow-boys et aux Indiens, c'était l'idéal. Un décor grandeur nature…

— Mais comment ça se fait qu'on l'ait construit dans une propriété privée ?

— La villa a été réquisitionnée par les Allemands, au moment du Débarquement, pour assurer la surveillance du front de mer. »

L'intérieur de la maison est ancien et poussiéreux. On sent bien que les Hermans-et-frères y ont entreposé leurs fonds de grenier, leurs meubles au rebut, et tous les vieux objets dont ils ne savaient que faire mais qui pouvaient encore servir. Ça crée une ambiance de bric-à-brac assez sympa, où on n'a pas peur d'abîmer les choses. Avec des mômes, c'est appréciable.

Le trajet avait fatigué Rosy. Elle s'est laissée tomber dans un fauteuil, en se tenant les reins et le ventre. Du coup, je me suis occupée de l'emménagement avec Théo.

Il y a cinq chambres, à l'étage. Une grande pour les parents, à côté de la salle de bains, une pour chacun des enfants, plus la mienne, plus une vide qui sert à ranger les valises et tout le bordel. C'est vraiment agréable d'avoir autant de place. On ne se gêne pas les uns les autres, et on peut s'isoler quand on veut.

Cédric et Clémentine ont retrouvé avec bonheur leurs jouets des années précédentes : seaux, pelles, filets à crevettes, jokari, ballons, etc. Du coup, on ne les a plus entendus jusqu'au dîner. Rosy avait prévu des sandwichs pour tout le monde, et l'après-midi, on est allés à la plage. Y a un kilomètre à travers les dunes, pour y arriver. Rien à signaler de particulier, sauf que le temps s'est gâté en fin de journée. De gros nuages noirs sont apparus dans le ciel, et le vent s'est levé. Ça nous a obligés à rentrer dare-dare.

Le soir, c'est moi qui ai préparé le souper. Macaronis au gruyère et salade de tomates. Les mômes étaient crevés, ils sont allés dormir sans protester. Moi, j'ai choisi un roman dans la pile de Théo (*Le blé en herbe*, de Colette) et je lisais depuis une petite heure, à plat ventre sur mon lit, quand quelqu'un a gratté à la porte. C'était Chaussette, la chatte. Une mignonne petite bête tigrée, au nez aussi frais et rose qu'un Malabar et avec une patte blanche (d'où son nom). Elle s'est installée sur ma couette comme chez elle, et s'est mise à ronronner. En fait, je crois qu'elle n'a pas le droit d'aller dans les chambres. Rosy trouve que ce n'est pas sain. Bah, elle peut bien penser ce qu'elle veut, je m'en fiche ! Avoir un animal, c'est mon rêve depuis que je suis toute petite, mais mes parents me l'ont toujours refusé. Alors, pas question que je chasse Chaussette. Si elle dort avec moi pendant mon séjour ici, j'aurai un peu l'illusion qu'elle m'appartient…

Le 2 août

Ce matin, j'ai été réveillée par des sortes de « chtac chtac » en provenance du jardin, et les cris de Cédric. Comme la fenêtre est juste à côté de ma tête, je n'ai eu qu'à me redresser légèrement sur mon oreiller pour observer ce qui se passait.

Théo, armé d'une pioche, était en train de désensabler l'entrée du bunker. À côté de lui, son fils, encore en pyjama, trépignait d'impatience. Dès qu'il m'a aperçue, Cédric m'a fait de grands signes :

« Viens vite, Anna ! C'est presque ouvert ! »

J'ai bondi dans mon short, enfilé un débardeur, une paire de tennis, et je suis descendue les retrouver.

Il était encore tôt mais le soleil commençait déjà à taper. Théo avait dressé une table pliante sous l'un des rares arbres du jardin — tout pousse mal dans les dunes, sauf ces affreux buissons appelés argousiers qui, paraît-il, retiennent le sable quand le vent souffle et l'empêchent de s'éparpiller dans la mer. Théo, donc, avait dressé la table, mis le couvert, et le café passait avec un glouglou appétissant.

« Pfou, vous êtes un matinal, vous ! j'ai dit.

— Question d'habitude. Dans le commerce, on n'a pas tellement le choix. J'arrive toujours vers sept heures et demie à la librairie, ça me laisse deux heures, avant l'ouverture, pour tout le travail administratif...

— Et Rosy ?

— Elle, c'est une marmotte. La grasse matinée jusque dix ou onze heures ne lui fait pas peur ! »

Pendant ce temps-là, Cédric tournait autour de moi comme une mouche.

« Viens voir le bunker, Anna ! Viens vois le bunker ! »

J'aurais bien avalé une tasse de café avant, mais le seul moyen d'avoir la paix, c'était de céder.

« D'ac-d'ac, on y va ! »

J'ai dû me baisser pour pénétrer par l'étroite ouverture rectangulaire. À l'intérieur, il faisait très sombre et ça sentait mauvais. Un mélange d'humidité, de sel, de terre froide et de moisissure. Tout était en béton brut, avec des tiges de fer rouillées qui dépassaient d'un peu partout.

Seules quelques meurtrières minuscules — à peine des fentes ! — laissaient pénétrer à dose homéopathique l'éblouissante lumière du dehors. J'ai pas pu m'empêcher de frissonner.

« Brrrr, on se croirait dans une pyramide.

— Une quoi ? a demandé Cédric.

— Une pyramide. Tu sais, les tombeaux des anciens Egyptiens. Tu n'as pas appris ça, en classe ? »

Il y avait plusieurs pièces curieusement agencées, qui formaient comme un labyrinthe. On perdait tout sens de l'orientation, en circulant de l'une à l'autre. Je me suis imaginé enfermée là-dedans, à la nuit tombée, et j'ai re-frissonné.

Théo nous a rejoints dans la dernière pièce — la plus obscure, la plus glacée — quelques instants plus tard.

« Les boums d'enfer qu'on a organisées là-dedans, quand j'étais ado ! m'a-t-il dit (et sa voix résonnait curieusement dans la pénombre). On tirait une rallonge de la maison pour brancher la chaîne, et on mettait le son à fond. Question acoustique, c'était fameux. Mieux qu'en boîte, à la limite. Et on pouvait faire tout le bruit qu'on voulait, nos parents ne nous entendaient pas. »

Il s'est mis à rire.

« Si un assassinat avait lieu ici, personne ne s'en douterait. L'épaisseur des murs étoufferait tout : les coups de feu et les hurlements ! »

Ce n'était pas très rassurant, comme constat. D'autant que, moi aussi, cet endroit m'évoquait des meurtres et compagnie. Pour changer de sujet, j'ai demandé : « Vous n'avez pas installé l'électricité ?

— On l'a envisagé, mais ça coûterait la peau des fesses… pour pas grand-chose. Plus personne ne vient ici : mes enfants et mes neveux sont trop petits pour y rester sans surveillance, et on ne peut rien entreposer, à cause de l'humidité. Il a été question, voilà quelques années, de le transformer en cave à vin, mais faudrait mettre une porte blindée et ça occasionnerait des frais…

— On jouera aux momies ? l'a interrompu Cédric.

— Aux momies ? s'est étonné Théo. Pourquoi aux momies ?

— Ben, Anna trouve que ça ressemble à une pyramide. »

Quand on est ressortis, Rosy et Clémentine déjeunaient au soleil. Le café au lait fumait dans les tasses et les tartines grillaient dans le toaster.

« Bienvenue au paradis ! » a gazouillé Rosy.

On n'aurait pas pu mieux résumer ce que je ressentais !

Le 7 août (10 heures du mat')

La nuit dernière, il s'est passé un drôle de truc. J'ai été réveillée en sursaut, je ne sais pas exactement par quoi. Un bruit ? Un vol de mouettes ? La chatte qui se baladait dans la gouttière (elle n'était plus sur ma couette) ? Impossible de le dire. Tout ce que je sais, c'est que j'éprouvais une angoisse oppressante, presque étouffante.

Je me suis redressée et j'ai regardé par la fenêtre. La lune était pleine, et extraordinairement brillante.

L'ombre de la maison se dessinait sur le sable argenté.

Le spectacle était fascinant, et inquiétant en même temps. Je me suis mise à genoux sur mon lit, et, accoudée à l'appui de fenêtre, j'ai scruté la nuit. C'est alors que…

Une sorte de décharge électrique m'a traversé le ventre. En un éclair, j'ai eu la certitude qu'il y avait quelqu'un dans le jardin. Je n'aurais pas pu expliquer pourquoi : je n'avais *vu* personne, mais j'avais *senti* une présence. Ça m'a transie du bout des orteils à la racine des cheveux.

Qu'est-ce qu'il fallait que je fasse ? Avertir Théo ou me contenter de refermer la fenêtre ? J'ai hésité un bon moment. Refermer la fenêtre, ça signifiait mourir de chaud, et en appelant Théo, je risquais de me couvrir de ridicule. Je n'ai donc fait ni l'un ni l'autre et je suis restée là, raide de peur, à écouter dans le noir en retenant mon souffle.

Tout ce que j'ai entendu, c'est le grondement de la mer, au loin.

J'ai eu un mal fou à me rendormir. Je me sentais, comment dire ? en danger. Oui, c'est ça, menacée par je ne savais trop quoi d'épouvantable. Un peu comme quand on rêve et que, sans qu'il se soit rien passé de précis, on a la certitude que le rêve vire au cauchemar.

Bref, ce matin, je ne me sens pas dans mon

assiette. En fait, ce qui me met mal à l'aise, c'est que j'hésite toujours. Est-ce que j'en parle à Théo et Rosy, ou non ? Je dois bien reconnaître que maintenant, au grand jour, je me sens un peu con, avec mes frayeurs nocturnes. Pour être honnête, je crois même que j'ai tout imaginé. Les nuits dans les dunes sont tellement différentes des nuits en ville, tellement plus *vivantes*, pleines de rumeurs et de murmures. Mais d'un autre côté, s'il y avait réellement quelqu'un, il vaudrait peut-être mieux que je prévienne les Hermans…

(2 heures de l'après-midi)

Après avoir longuement pesé le pour et le contre, j'ai fini par parler de la *présence* de cette nuit à Théo. Mais ça n'a pas eu l'air de l'inquiéter. Il a même rigolé, ce qui m'a un peu vexée.

« J'ai engagé une baby-sitter, pas un veilleur de nuit ! » a-t-il déclaré.

Et comme je me renfrognais, il a ajouté, plus sérieusement :

« N'aie crainte, la région est sûre et les portes de

la villa solides : deux raisons de ne pas te prendre la tête ! »

Ah là là, même un tremblement de terre ne lui ferait pas perdre son sens de l'humour, à celui-là ! Enfin, maintenant, j'ai la conscience tranquille : s'il arrive quelque chose, ce ne sera pas de ma faute !

En attendant, la vie est belle. En ce moment, nous sommes sur la plage. Théo et Cédric se baignent, je les vois barboter dans les vagues et s'éclabousser en riant aux éclats. Rosy fait la sieste sur son transat, à l'ombre du parasol. Clémentine fabrique des pâtés de sable qu'elle colore en râpant de la craie de couleur dessus. Tout à l'heure, quand elle en aura un beau stock, elle jouera à la marchande et on ira tous lui acheter des « gâteaux », en la payant avec des coquillages.

Moi, allongée sur ma serviette, je me dore au soleil. J'ai bouquiné un chapitre du *Blé en herbe* avant de me mettre à écrire dans mon journal, et, d'ici quelques minutes, je vais aller prendre un bain. Quand je pense qu'en ce moment, je devrais être à Spa, dans le parloir des « Cheveux d'argent », à chercher quoi dire à mamy qui, de toute façon, ne comprend plus rien…

« Tu veux de l'huile solaire ? » me demande Rosy d'une voix ensommeillée.

C'est fou ce qu'elle est jolie, avec son ventre qui s'arrondit. Etre un peu dodue, ça lui va bien. J'ai rarement vu une femme aussi épanouie. Si je devais donner un visage au bonheur, ce serait le sien.

Théo aussi est beau, dans son genre. Très « soixante-huitard » d'allure (bien qu'il ait à peine quarante ans) : queue de cheval blonde, petites lunettes rondes, pas épais, pas très grand mais bien fichu. Avec des parents pareils, pas étonnant que leurs gamins soient à croquer !

En fait, dans toute la bande, y a que moi qui sois moche.

7 août (23 h 10)

Merde, merde, merde, c'est quoi, ce cirque ? Je suis tellement bouleversée que je tremble en écrivant. Merde, merde, merde…

Théo sort d'ici. Je ne sais pas ce qui lui a pris, mais… je crois bien qu'IL M'A DRAGUÉE !

J'ai mal au bide. Si jamais Rosy savait ça…

Ah là là, tout allait trop bien, c'était trop parfait, fallait absolument que ça déconne quelque part. J'ai jamais eu de chance, moi !

Ou alors, je me fais des idées ? Ouais, peut-être que je me fais des idées. Je ne sais plus que penser…

Il était onze heures, par là, quand on a toqué à ma porte. Je bouquinais. J'ai cru qu'un des gamins avait eu un cauchemar et j'ai crié : « Entrez ! » Mais c'était Théo, en caleçon et T-shirt.

« Ça va ? » il m'a demandé.

J'ai répondu que oui, pourquoi ça n'irait pas ?

« Tu n'as pas peur ? »

Peur ?

« Ben oui, comme la nuit dernière… »

Ah, d'accord, je comprenais mieux ! C'était à cause de l'histoire de la nuit dernière…

Théo a fait quelques pas dans la pièce et m'a souri. Quand il sourit, il a trois rides verticales sur les joues, rigolotes comme tout.

« Je m'en veux de ma réaction de ce matin. Je n'ai pas été très cool avec toi. Au lieu de te rassurer, je t'ai envoyée promener… Tu parles d'un mufle ! »

C'était gentil de sa part de s'en rendre compte. Je le lui ai dit. Et j'ai ajouté que, de toute façon, quand on a la trouille, on est toujours un peu ridicule, alors… À sa place, j'aurais sans doute réagi de la même manière.

Il s'est assis sur le bord du lit, d'un air vachement embarrassé. Intriguée, je restais devant lui à danser d'un pied sur l'autre, en me demandant ce qui lui prenait, quand il a levé les yeux pour me fixer bien en face.

« Tu sais que tu es très mignonne… » a-t-il murmuré.

J'ai failli tomber à la renverse. Mignonne, moi ? Il se payait ma tête ou quoi ?

Je me suis mise à rire bêtement. C'est la seule réponse que j'avais trouvée.

« Tu te plais avec nous ? a-t-il encore demandé. On ne te donne pas trop de travail ? »

J'ai assuré que non, aucun problème, au contraire. Je passais les meilleures vacances de ma vie.

« Si quelque chose ne va pas, n'hésite pas à venir m'en parler, hein ? »

J'ai promis, puis j'ai bâillé parce que j'étais fatiguée. Alors, il s'est levé et il est parti, en me souhaitant bonne nuit à demain. Quand la porte s'est refermée, je me suis précipitée vers le miroir. Mignonne… N'importe quoi ! Où il avait été chercher ça, lui ? Mignonne, franchement… Avec ce nez d'un kilomètre de long, ce cou trop maigre, ces yeux trop petits, cette coupe trop courte et pleine d'épis. Mignonne ? Autant dire à, je ne sais pas moi, une pintade qu'elle est mignonne !

Y a vraiment que les dragueurs pour sortir des conneries pareilles ! Comme si j'avais la moindre illusion sur mon physique…

Quand j'étais petite, je m'imaginais qu'à l'adolescence, je deviendrais belle. Toutes les jeunes filles sont belles, dans l'esprit des enfants. Le mot, déjà, est beau : une jeune fille. On voit tout de suite une créature délicate, harmonieuse, avec de jolies formes et une chevelure de rêve. Cendrillon, Blanche-Neige, Vanessa Paradis… Malheureusement, tout ce que je n'aimais pas chez moi n'a fait que s'accentuer en grandissant : le nez s'est encore allongé, le cou s'est amaigri, etc. J'étais une gamine assez vilaine, et je suis une jeune fille encore pire. Pas difficile de deviner quel genre de femme je serai !

À force de me rencontrer chaque jour dans mon miroir, j'en ai pris mon parti, à la longue…

Enfin, non. Là, je suis malhonnête. Le nombre de fois où j'ai demandé à maman : « Tu me trouves comment ? » avec l'espoir qu'elle me réponde : « Jolie ». Aux yeux de sa mère, une petite fille est toujours jolie, non ? Du moins, je le croyais. Mais la mienne me répondait systématiquement : « Tu es comme il y en a beaucoup ». Alors, bon, j'ai cessé de lui poser la question. De toute façon, mon opinion était faite, et sans l'aide de personne. Elle n'a pas varié depuis.

Mignonne… C'est bien le genre de mensonge qu'on dit à une nana qu'on drague !

Quoique… Un truc me turlupine quand même :

pourquoi Théo me draguerait-il, moi, alors qu'il a une femme ravissante ?

Le 8 août, au réveil

Théo, me draguer ? Je ne devais pas être bien nette, moi, hier soir, pour penser ça. « Tu prends tes désirs pour des réalités », dirait Mélanie si elle m'entendait. Ben non, même pas. Les vieux, c'est pas mon truc. Les hommes mariés encore moins. Surtout s'ils le sont avec Rosy, qu'ils ont deux mouflets et un troisième en route.

Alors, qu'est-ce qui m'a pris de me faire un cinéma pareil ? Il est venu dans ma chambre à onze heures du soir ? La belle affaire ! Bon, d'accord, ça peut sembler un peu louche, à première vue. *Mes parents* trouveraient ça louche. Mais les Hermans sont beaucoup moins conventionnels, ils ne s'encombrent pas de ce genre de préjugés. Théo avait des remords, il n'a pas voulu attendre le lendemain pour m'en parler, quel mal y a-t-il à ça, si on y réfléchit ?

N'empêche qu'il m'a dit que j'étais mignonne !

Et alors ? Ça non plus, ce n'est pas un crime. Il a peut-être juste voulu me faire plaisir. Si, au moindre compliment, on passe pour un salaud, où allons-nous ?

À part ça, a-t-il eu un geste déplacé, une phrase ambiguë, quelque chose qui laisse soupçonner de « mauvaises » intentions ? Non, non et non. Miss Anna, vous avez trop d'imagination… et l'esprit mal tourné. Honte sur vous, miss Anna ! Non seulement vous êtes moche, mais en plus vous êtes bête.

(5 heures du soir)

Journée à la plage avec pique-nique sur place. Théo comme toujours : marrant, naturel, super-sympa. Je suis une vraie conne. Longue conversation avec Rosy sous le parasol, pendant que les trois autres étaient dans la flotte. Elle m'a fait sentir son bébé qui gigote comme un beau diable sous la peau de son ventre. Ce sera une fille, elle s'appellera Clarisse. Chez eux, tous les noms commencent par un C : Cédric, Clémentine, Clarisse… et même Chaussette. « Les plus jolis mots tendres commencent par C, a ri

Rosy quand je le lui ai signalé : chéri, câlin, caresse, chouchou, choupinet, chaton… » et moi, j'ai ajouté : « Crocodile, clarinette, contravention, corde à linge, clafoutis… » « Clafoutis est un mot tendre ! » a pouffé Rosy, et elle a décidé d'en préparer pour le souper. « Un clafoutis aux cerises ! » a-t-elle précisé. Ça tombe bien, j'en raffole.

(6 h 20)

Je n'étais pas au courant, mais aujourd'hui, c'est l'anniversaire de mariage de Théo et Rosy. Neuf ans. « Neuf ans de bonheur ! » a précisé Théo en embrassant sa femme. Quand je pense aux soupçons que j'ai eus envers lui, je me giflerais, tiens ! Ils ont décidé d'aller au restaurant, pour fêter ça en tête à tête. Là, ils se préparent, et le clafoutis achève de cuire dans le four.

Bon, allez, je vais mettre le couvert et m'occuper des gosses.

(minuit)

Il s'est passé un truc fou, tout à l'heure. Complètement fou. J'ai encore des frissons partout en y repensant.

C'est vers sept heures et demie-huit heures moins le quart (Théo et Rosy venaient de partir), qu'on a constaté la disparition de la chatte. En fait c'est Cédric qui s'en est rendu compte. Il est responsable de sa bouffe, et normalement, quand il lui ouvre une boîte, elle slalome entre ses chevilles en miaulant. Or, là, rien. Pas de Chaussette. Il s'est étonné, l'a appelée, rien. Il est allé voir dehors, toujours rien.

Comme le gratin était prêt, j'ai promis de m'en occuper après le souper. Du coup, durant tout le repas, les enfants n'ont pensé qu'à ça. Clémentine demandait sans arrêt : « Elle est où, Chaussette ? Pourquoi elle est partie ? » et Cédric chipotait dans son assiette en se retournant toutes les cinq minutes vers la porte.

Quand, le repas terminé, j'ai voulu les envoyer au lit, ils ont protesté avec énergie.

« On veut retrouver Chaussette d'abord ! On veut retrouver Chaussette d'abord ! » braillaient-ils en chœur.

J'ai dû me fâcher tout rouge. Ils étaient déjà en pyjama, et Rosy m'avait bien recommandé de ne pas les laisser ressortir. D'ailleurs, ils tombaient de fatigue et bâillaient à s'en décrocher la mâchoire. L'air marin, ça crève. D'autant qu'ils s'étaient baignés tout l'après-midi.

« Dès que vous serez couchés, je partirai à sa recherche », j'ai dit.

Clémentine n'a pas insisté : elle suçait déjà son pouce. Je l'ai portée jusque dans sa chambre et je l'ai fourrée sous sa couette sans qu'elle proteste. L'inquiétude, ce n'est pas suffisant pour tenir éveillée une petite puce de cinq ans.

Son frère, en revanche, luttait farouchement contre le sommeil.

« Va tout de suite chercher Chaussette ! a-t-il exigé.

— Aussitôt que tu seras couché !

— Je veux la voir. Tu me l'amèneras quand tu l'auras trouvée ?

— D'accord, à condition que tu te tiennes tranquille ! Allez, pose ta tête sur ton oreiller et ferme les yeux ! »

Il a obéi en rechignant. Je lui ai envoyé un baiser du bout des doigts avant de quitter sa chambre. Puis j'ai fait le tour du jardin en criant : « Chaussette ! Chausseeeette ! »

Le ciel était couleur de perle, avec un halo rose

derrière la ligne d'horizon. Le moutonnement des dunes me rappelait le désert du *Petit Prince*, et j'ai pensé, en parodiant Saint-Exupéry : « Ce qui rend la dune si mystérieuse, c'est qu'il y a un chat caché quelque part, dans le sable. »

Des mouettes sont passées au-dessus de moi en piaillant. L'air sentait les embruns. Un vent frisquet venait de la mer.

« Chaussette ! Chausseeeette ! »

Où avait bien pu passer ce fichu animal ?

« Chaussette ! Chausseeeette ! »

J'ai enjambé la clôture et me suis éloignée d'une centaine de mètres. Mes pieds s'enfonçaient dans le sable, ce qui ralentissait ma marche et me faisait perdre l'équilibre. Le jour baissait à vue d'œil.

Après une bonne demi-heure de recherches, j'en ai eu plein le dos et je suis rentrée, très embêtée. Qu'est-ce que j'allais bien pouvoir dire à Cédric ?

J'avais la main sur la poignée de la porte quand j'ai eu comme un flash : nom de nom, le bunker ! Comment n'y avais-je pas pensé plus tôt ?

Sûr, c'était là qu'elle se cachait, cette andouille de chatte ! Mais pour aller la récupérer là-dedans, fallait de la lumière.

J'ai contourné la maison pour prendre une lampe-torche dans le garage, et je suis repartie vers le bunker. Dans le crépuscule, il était plus sinistre que jamais. Plus « pyramide », si vous voyez ce que je veux dire. A l'intérieur, c'était l'obscurité totale.

Le faisceau de la lampe a éclairé la première pièce et j'ai appelé :

« Chaussette ! Chaussette ! Petit petit petit… Allez, viens, je sais que tu es là ! »

Il m'a semblé entendre un faible miaulement, mais je n'étais pas sûre. Ça m'a quand même encouragée. Je suis passée dans la seconde pièce.

Il faisait un froid de canard, et plus je pénétrais profondément dans le bunker, plus l'humidité glacée m'enveloppait. J'ai regretté de ne pas avoir pris un sweat.

« Chaussette ! Viens vite, ma minette ! »

Cette fois, j'ai perçu nettement un « miaw » familier. Mon cœur s'est mis à battre : ça venait de tout au bout. De la dernière pièce.

Je m'y suis ruée, pressée d'en finir.

Je ne m'étais pas trompée : deux yeux verts phosphorescents luisaient dans l'ombre. J'ai braqué ma lampe dessus.

« Ah, te voilà enfin ! Ça fait des heures qu'on t'appel… »

Ma voix s'est étranglée dans ma gorge. Chaussette n'était pas seule. Il y avait une forme immobile, allongée par terre à côté d'elle.

Un… UN CADAVRE !

J'ai poussé un cri étouffé, et j'ai pris mes jambes à mon cou, en oubliant la chatte.

Evidemment, je me suis perdue dans le labyrinthe. Jamais je n'avais autant paniqué de toute ma vie. La peur me tordait le ventre. Je me sentais grelotter jusque dans mes os et les battements de mon cœur me martelaient les tempes. Fallait que je file, vite, VITE, que je retourne dans la maison, que je ferme tout à clé pour protéger les gosses, que je... Mais en même temps, un tas de pensées horribles parasitaient ce raisonnement. Je me disais : « Un cadavre, normal dans une pyramide ! Cédric voulait jouer aux momies, il est servi ! Y en a une VRAIE ! » Et aussi : « Théo avait raison : on peut commettre un crime, ici, sans que personne en sache rien, aucun bruit ne parvient au-dehors ». Et encore : « Qui c'est, le mort qui est couché là ? La présence d'avant-hier... ou sa victime ? » Et, pire que tout : « Le meurtrier rôde peut-être encore dans le labyrinthe, et sa prochaine proie, ce sera moi ! » Ouais, tout ça se bousculait dans ma tête pendant que je courais dans tous les sens sans trouver la sortie...

À force de tourner en rond, je me suis de nouveau retrouvée — horreur ! — dans la dernière pièce. Comme dans les cauchemars, exactement.

J'ai pas pu m'empêcher de re-braquer ma lampe en direction du mort, et *le mort a bougé. Le mort a gémi*. J'ai senti mes cheveux se hérisser sur ma nuque.

« Qui… qui êtes-vous ? » j'ai bredouillé.

Y a eu un vague murmure que je n'ai pas compris. À ce moment-là, Chaussette, qui était roulée en boule près du corps, s'est redressée, étirée, a fait le gros dos, puis est venue se frotter contre mes jambes en ronronnant. Je l'ai attrapée dans mes bras et je suis repartie illico.

Derrière moi, j'ai cru entendre une voix d'homme souffler : « J'ai soif »…

J'ai quand même fini par trouver la sortie. La nuit était tombée. Le ciel était tout piqueté d'étoiles et des grillons crissaient dans le sable. Je n'ai fait qu'un bond jusqu'à la maison et je me suis barricadée. Il m'a fallu un bon moment pour recouvrer mon calme. Un quart d'heure, au moins. Et pour cesser de trembler.

J'ai préparé un peu de thé, et pendant que ça infusait, je suis montée voir les enfants. Ils dormaient à poings fermés, même Cédric. À tout hasard, j'ai posé le chat sur son lit, pour le cas où il se réveillerait. « Rosy râlera en rentrant, mais tant pis », je me suis dit. C'était un cas de force majeure.

Le thé brûlant m'a fait du bien. J'étais si fatiguée que je ne tenais plus debout. Je sentais ma peau crépiter d'angoisse, et ma colonne vertébrale irradiait comme un halo glacé, tout du long. J'ai bu trois tasses coup sur coup, sans prendre le temps de respirer. Et c'est là que boum ! la voix m'est revenue sans crier gare. « J'ai soif ». Un éclair m'a zébré l'estomac.

Il y avait un blessé dans le bunker. Pas un cadavre, pas une momie — la vie n'est pas un film d'horreur ! —, mais un type mal en point qui avait soif. Et moi, ici, comme une conne, je m'envoyais un demi-litre de thé cul sec, la conscience en paix.

J'étais complètement naze, ou quoi ?

Le type dans le bunker allait peut-être mourir, s'il ne buvait pas. Et moi, Anna-la-gourde, Anna-la-pétocharde, je serais responsable de sa mort…

En fait, ce qu'il fallait, c'est que je retourne là-bas avec une bouteille d'eau.

Retourner là-bas ? À cette idée, j'ai failli gerber. Pour rien au monde je n'aurais remis les pieds dans ce dédale de cauchemar…

Oui mais, dans ce dédale de cauchemar, il y avait quelqu'un qui réclamait à boire. Est-ce que j'avais le droit de m'en désintéresser ? C'est de la non-assistance à personne en danger, ça !

Brusquement, j'ai eu très envie d'entendre la voix de ma mère. Mais y a pas le téléphone dans la baraque, et Théo avait pris son portable avec lui. Pas très prudent, entre parenthèses : si jamais j'avais un problème avec les gosses, comment je l'avertissais, moi, hein ?

Enfin, bon, les Hermans étaient juste au resto, ils n'allaient pas tarder. Quelle heure était-il ? Dix heures moins vingt. Dans, disons une petite heure, ils seraient de retour. Le blessé pouvait bien attendre jusque-là. Théo ferait le nécessaire, il appellerait le SAMU ou les pompiers, et le tour serait joué. Pas la peine de paniquer : il suffisait tout simplement d'attendre.

J'ai attendu. Dix minutes au moins, en marchant de long en large. Je m'imaginais toute seule, dans l'obscurité du bunker, incapable de bouger et torturée par une soif horrible. J'aurais appelé quelqu'un au secours, mais cette personne, qui pourtant *avait la possibilité* de me soulager, *préférait attendre* tranquillement que d'autres s'en chargent à sa place. Qu'est-ce que je penserais de cette attitude ?

Que c'était celle d'un monstre !

J'étais un monstre, moi ?

Ben oui. Je laissais souffrir quelqu'un, alors qu'il me suffisait d'un peu de courage pour lui venir en aide.

J'ai refait mentalement le chemin du bunker, j'y suis re-rentrée, j'ai marché vers la pièce du fond (à l'aller, je me repère toujours mieux qu'au retour) et je me suis penchée vers la forme allongée.

Non, impossible. Affronter *ça* était au-dessus de mes forces. Je ne savais même pas à quoi *ça* ressemblait, de près. *Ça* devait être sanglant, défiguré peut-être... Mon cerveau me mitraillait des séquences de film gore.

Oui, mais *ça* gémissait, *ça* souffrait, *ça* disait : « J'ai soif ». Et *ça* aurait pu être moi.

Bref, après un combat acharné entre les « oui » et les « non », les « oui » l'ont emporté. La trouille au ventre, j'ai rempli une vieille bouteille d'Evian au robinet et, quelques instants plus tard, le rond de la lampe de poche trouait de nouveau la nuit.

Le blessé somnolait. Il n'avait rien à voir ni avec *Massacre à la tronçonneuse*, ni avec *Vendredi 13*. C'était un type normal, jeune et plutôt mignon : cheveux rasés, petit anneau à l'oreille. Il semblait assez mal en point : son front était trempé de sueur, des cernes noirs plombaient ses orbites. Sa manche droite, déchirée, laissait voir une épaule couverte de sang séché. Il claquait des dents en grelottant par saccades.

Tout ça, je l'ai constaté en un clin d'œil, au moment où je me suis penchée sur lui. Et aussi — parce que sa chemise était grande ouverte —, qu'il avait un cheval tatoué sur la poitrine.

D'un coup, il a ouvert les yeux, et son regard m'a transpercée.

« Ça va aller ? » j'ai demandé, en approchant le goulot de sa bouche.

Il s'est redressé à demi et m'a arraché la bouteille des mains, pour boire comme un malade en en renversant la moitié. Puis il s'est laissé retomber en arrière, avec une plainte d'épuisement.

« Ne vous en faites pas, j'ai dit, on va vous soigner. Une ambulance viendra vous chercher, tout à l'heure, pour vous emmener à l'hôpital. »

Je l'ai vu se crisper de la tête aux pieds.

« Non ! »

Ses lèvres étaient sèches et craquelées, avec un dépôt de salive blanchâtre aux commissures.

« Non ! il a répété, les yeux fous.

— Pourquoi ? Vous ne pouvez pas rester comme ça ! »

Il haletait, à la manière d'un plongeur qui tente de reprendre son souffle. Sa poitrine se soulevait avec précipitation et le cheval, dessus, semblait galoper. Il m'a attrapé le poignet et l'a serré de toutes ses forces. J'ai senti ses ongles entamer ma peau mais je n'ai rien dit. Les gens qui souffrent font souvent ça.

« Faut pas que les flics me trouvent, il a soufflé. S'ils me mettent le grappin dessus, je suis fichu ! »

J'ai avalé ma salive avec difficulté.

« Vous êtes recherché ? » j'ai demandé.

Il a hoché la tête. Il n'avait même plus la force de parler.

« Vous avez tué quelqu'un ? »

La tête a esquissé un mouvement de gauche à

droite. Ça m'a un peu rassurée. D'ailleurs, il n'avait pas une gueule d'assassin.

« Alors, qu'est-ce que vous avez fait ? »

Un chuchotement, à peine :

« J'ai passé des trucs… »

Ça signifie quoi, « passer des trucs » ? C'est grave, comme délit ? Et quels trucs, d'abord ?

Mais le blessé n'était plus en état de répondre. Il avait refermé les yeux et respirait avec difficulté. Comme il restait de l'eau dans la bouteille, j'en ai mis dans ma paume et j'ai baigné son front avec. Il a murmuré : « Merci », puis a de nouveau serré mon poignet.

« Faut dire à personne que je suis ici, tu entends ? À personne ! Tu l'as dit à quelqu'un ? Tu as déjà appelé l'ambulance ? »

J'ai assuré que non, on n'avait pas le téléphone à la villa. Mais je comptais avertir mon patron dès qu'il rentrerait, ce qui ne saurait tarder. Et j'ai précisé que ce n'était pas un flic mais un libraire.

Ça n'a pas suffi à rassurer le blessé.

« N'en parle à personne, je t'en prie ! Ni à lui, ni à d'autres, À PERSONNE !

— Mais… vous ne guérirez jamais si on ne vous soigne pas…

— Tu n'as qu'à me soigner, toi !

— J'y connais rien de rien ! »

Il a aspiré une grande goulée d'air, comme s'il étouffait.

« Je préfère crever que tomber dans les griffes des poulets ! C'est eux qui m'ont mis dans cet état, merde ! »

On s'est regardés un long, très long moment, et si intensément que j'ai eu comme un vertige. Tout s'est mis à tourner, et presque malgré moi, j'ai répondu : « D'accord ». Quand j'y repense maintenant, je me dis que j'ai commis une méga-connerie. Parce que, mine de rien, d'un mot, je venais de prendre une responsabilité terrible : m'occuper toute seule d'un blessé, au risque qu'il en meure. Sans compter que c'était, en plus, un truand…

Mais bon, il est trop tard pour reculer.

Je suis retournée dare-dare dans la maison chercher une seconde lampe-torche, une de mes couvertures (j'en avais pas besoin de deux), de l'Aspégic, et de quoi désinfecter son bras. J'ai versé la moitié de la bouteille de Mercryl sur la plaie, puis j'ai fait un pansement de fortune, comme j'ai pu, avec de l'Hexomédine. Le type a pris quatre Aspégic d'un coup, ce qui est beaucoup plus que sur la posologie, mais dans les cas spéciaux, on a le droit de dépasser la dose. Tout ce qu'on risque, c'est des crampes d'estomac.

Quand je suis repartie, il était onze heures passées. Et les Hermans étaient rentrés.

Fallait surtout pas qu'ils me voient. Que je sois dehors à une heure pareille, ça leur semblerait forcément suspect.

J'ai ouvert la porte le plus doucement possible… et je suis tombée nez à nez avec Théo.

« Ben… qu'est-ce que tu fous là, toi ? s'est-il étonné. Tu n'es pas couchée ? »

J'ai répondu que je n'arrivais pas à dormir, alors j'étais allée m'asseoir dans le jardin.

« J'aime bien regarder les étoiles. Au bord de la mer, elles sont plus brillantes que partout ailleurs !

— Ah, ce n'est pas le ciel des villes ! » a approuvé Théo.

Et j'ai eu droit à son sourire aux trois rides verticales.

« Rosy dort déjà ?

— Non, je suis descendu lui chercher un verre de lait. Elle a souvent le brûlant *, le soir, et ça l'aide à digérer. »

Il m'a demandé si la soirée s'était bien passée, et j'ai répondu que oui, à part la fugue de Chaussette qui avait un peu perturbé Cédric, mais je l'avais retrouvée et tout avait fini par s'arranger.

Nouveau sourire de Théo.

« Tu as été parfaite, comme toujours ! »

Et il a ajouté, en m'effleurant le bout du nez de son index :

« T'es vraiment une chouette fille, Anna ! Quand je serai veuf, je t'épouserai ! »

J'ai tourné les talons aussi vite que je pouvais, pour courir m'enfermer dans ma chambre.

(Minuit et demi)

Impossible de dormir. Tout cela n'est pas *vraiment vrai*. Tout cela ne *peut* pas être vrai. C'est trop invraisemblable, trop impossible. Je me sens… comment expliquer ça ? comme coincée dans un rêve dont je n'arriverais pas à m'éveiller.

Sous la lune, le bunker a l'air irréel. Dire qu'il y a quelqu'un, à l'intérieur. Un homme qui dérouille, et compte sur moi pour l'aider à s'en sortir. C'est fou quand on y pense. Je ne sais même pas son nom.

Pourquoi est-ce que j'ai accepté de l'aider ?

Ben parce que tu n'es pas une salope, ma grande !

D'accord, mais bon, je ne le connais pas, moi, ce mec-là. Et je prends de sacrés risques pour lui. Si jamais les Hermans découvrent le pot-aux-roses, bonjour le drame ! Ils ne me pardonneront pas de les avoir trompés ! Si Rosy me demande où sont le Mercryl et le tube d'Hexomédine, par exemple, qu'est-ce que je vais lui répondre, moi ?

Hou là là, les emmerdes que je me suis mis sur le dos !

Le 9 août (petit matin)

Pas fermé l'œil de la nuit. Pas une seconde. Me demande encore ce qui m'a pris. Vais laisser tomber. Tout ça est au-dessus de mes forces. C'est décidé : je mets Théo au courant, il règle le problème et basta. Tant pis si l'autre, là, se retrouve en cabane. Il avait qu'à pas déconner.

(8 h 1/2)

J'ai voulu en parler à Théo, mais le moment était mal choisi : il bricolait sa voiture. J'attendrai qu'il soit un peu plus disponible.

(10 h 20)

Au déjeuner, Rosy a trouvé que j'avais des valoches et m'a demandé pourquoi je ne mangeais pas. J'ai dit que je ne me sentais pas très en forme. Elle m'a lancé un regard de femme à femme et m'a conseillé d'aller me recoucher.

« Faut pas brusquer la nature, a-t-elle déclaré. Aujourd'hui, c'est relâche pour toi. Nous allons emmener les enfants à Nieuport : il y a une reproduction de galion ancien amarrée le long du quai, avec visite guidée. On a vu l'affiche hier, en allant au resto. Veux-tu venir avec nous ou rester te reposer ?

— Rester me reposer. Je prépare quand même quelque chose pour midi ?

— Ce n'est pas la peine, on mangera des moules sur le port. Si tu as faim, il reste un peu de gratin d'hier, tu n'auras qu'à le réchauffer.

— Vous rentrerez quand ?

— Je ne sais pas exactement, mais dans l'après-midi. Ne nous attends pas trop tôt, il se peut qu'on pousse jusqu'à Ostende pour faire quelques achats.

— Ça ira ? » s'est inquiété Théo.

J'ai souri, malgré ma fatigue.

« Impec'. Je prendrai des bains de soleil en terminant *Le blé en herbe*.

— Si tu vas sur la plage, pense bien à tout fermer !

— O.K... mais je ne pense pas que je bougerai d'ici. »

Les enfants ont râlé parce que je ne venais pas, surtout Cédric. Il voulait absolument que je voie le bateau. Je lui ai dit : « Tu n'auras qu'à me le dessiner » et ça l'a calmé. Il m'a fait promettre de préparer du Canson et des feutres, pour qu'il puisse s'y mettre dès son retour.

J'ai regardé s'éloigner la V.W. avec soulagement. Ouf, enfin seule. Dans l'état où je suis, j'aurais eu un mal fou à m'occuper des gosses...

L'ennui, c'est qu'avec tout ça, je n'ai encore rien dit à Théo, à propos du blessé. Donc, va falloir que je retourne dans le bunker, lui donner à manger, etc. J'en suis malade rien que d'y penser. Pourvu qu'il ne me supplie pas encore de garder le secret...

Oh, j'en ai marre, je voudrais m'installer dans un transat, au jardin, et dormir... Et après, me réveiller, et m'apercevoir que cette histoire n'était qu'un mauvais rêve… Ouais, voilà ce que je voudrais. Malheureusement, ce serait trop beau !

(Fin d'après-midi)

Il s'appelle Dylan mais ce n'est pas un Américain. Il est du sud de la France. Il a vingt-cinq ans, et en fait, ce qu'il « passait » c'était du cannabis en provenance de Hollande. Avec un copain à lui, ils se sont fait gauler à la frontière et les choses ont mal tourné. Ils ont tenté de filer, mais les brigades volantes les ont pris en chasse. Sommations, délit de fuite ; on leur a tiré dessus. Son copain a été arrêté. Lui est arrivé à s'échapper, malgré sa balle dans le bras. Il s'est caché le long de la côte, et a fini par atterrir ici, à bout de forces. En fait, il a eu un bol insensé que je le trouve : sans boire, sans manger, sans soins, il aurait crevé dans son trou comme un rat…

Il doit une fière chandelle à Chaussette, finalement. Marrant, quand même, comme les animaux aiment les malades. Ils adorent se blottir contre eux. Chez mamy, c'était pareil : la fois où j'avais eu la rougeole, Poupoune s'était installée sur mon lit, et pas moyen de la déloger. Elle n'avait pas bougé jusqu'à ma guérison.

Je parie que Chaussette fera pareil avec Dylan. En tout cas, quand je suis retournée dans le bunker, ce matin, elle se trouvait déjà près de lui, à ronronner tant qu'elle pouvait. Moi, en revanche, je n'étais pas à prendre avec des pincettes. J'apportais du café et des tartines, mais complètement à contrecœur.

Dylan allait un peu mieux. Grâce à l'Aspégic, sa fièvre était tombée. Je l'ai trouvé assis, enroulé dans sa couverture. Il a eu l'air content de me voir.

Le café lui a plu, il s'en est resservi plusieurs tasses. Par contre, il n'a rien voulu manger. À la lueur de la meurtrière, dont le rayon donnait en plein sur lui, j'ai pu discerner la couleur de ses yeux. Un bleu foncé presque noir, avec des cils d'une longueur insensée et aussi touffus que ceux d'une fille.

J'ai changé son pansement sans regarder la blessure. Les plaies, ça me donne la gerbe. Déjà que j'étais vaseuse, alors ça en plus… beuh ! Apparemment, la balle n'est pas restée à l'intérieur, elle l'a juste éraflé, enfin c'est ce qu'il m'a dit. Une sale éraflure, qui s'est infectée. Heureusement, le Mercryl couvrait l'odeur, sans quoi je n'aurais pas tenu le choc.

J'ai essayé d'être la plus douce possible, en posant la compresse, mais il n'a pas pu s'empêcher de grimacer de douleur. J'ai terminé le tube d'Hexomédine. Faudra que je passe à la pharmacie, demain, quand on fera les courses à Oostdunkerke. Rosy croit que j'ai mes règles, je prétendrai qu'il me faut des protections.

Comme la chemise de Dylan était vraiment trop crade, je lui ai filé mon maxi T-shirt, celui qui me sert de chemise de nuit. Le dessin l'a amusé. (C'est une pub pour le préservatif : une sorte d'oursin représentant le virus du Sida, avec marqué au-dessus : *T'es capote ou t'es pas cap ?*) Je crois qu'il a vraiment apprécié de se changer. Je lui ai proposé une bassine d'eau chaude et du savon, pour qu'il puisse se débarbouiller, mais il se sentait encore trop faible. Alors je l'ai laissé dormir.

Je me suis (finalement !) installée dans mon transat au soleil, et j'ai piqué un petit roupillon jusque vers midi. C'est la faim qui m'a réveillée. Je n'avais rien dans l'estomac depuis hier soir.

Il restait largement assez de gratin pour deux. J'ai avalé ma part en quatrième vitesse, puis j'en ai porté une assiette dans le bunker. Dylan dormait toujours. Je n'ai pas eu le courage de le réveiller. J'ai posé l'assiette près de lui, tant pis si ça refroidit. En repartant, j'ai emmené Chaussette avec moi, pour qu'elle n'aille pas y fourrer sa truffe.

J'ai un peu bouquiné, mais je n'avais pas la tête à ma lecture. Je repensais sans arrêt à l'histoire de

Dylan. Dylan, le « passeur de trucs ». Dylan-le-dealer. Comment est-ce que Théo va réagir, quand il apprendra ça ? Il ira le dénoncer à la police ? Les histoires de drogue le débectent, il a peur pour ses enfants, plus tard. On en a discuté, une fois. Pour lui, les dealers sont des criminels de la pire espèce.

Oui, à mon avis, il le dénoncera…

Ça me fait chier. D'imaginer les flics venant arrêter Dylan, ça me fait vraiment chier. Après tout, il a eu confiance en moi. Et moi, je m'apprête à le trahir…

Pfff, qu'est-ce que c'est compliqué, la vie !

(Soir)

Je pionçais quand les Hermans sont arrivés. Cédric et Clémentine m'ont sauté dessus pour me raconter. Ils parlaient tous les deux en même temps, et je ne comprenais rien du tout. Apparemment, la visite du bateau les a enthousiasmés. Cédric veut devenir marin, quand il sera grand. Il s'est dessiné, d'abord avec un bonnet à pompon, puis en pirate. On est tombés d'accord sur le fait qu'en pirate, c'était mieux. Surtout à cause du drapeau noir avec la tête de mort dessus.

Du coup, Théo est allé chercher la B.D. de *L'île au trésor* dans la bibliothèque, et je l'ai lue aux enfants. Ils adorent ça, surtout quand je fais toutes les voix. Rosy avait ramené une pizza aux fruits de mer, il suffisait de la mettre au four. On a soupé sous l'arbre, dans les cris des mouettes.

Le soir, maman m'a téléphoné sur le portable de Théo. Je lui ai dit que tout allait bien et que je m'amusais beaucoup.

On est tous montés se coucher vers neuf heures.

(Plus tard)

En regardant par la fenêtre, j'ai aperçu Théo au jardin. Il fumait la pipe dans la nuit tombante. Théo fume rarement, et toujours dehors, parce que le tabac incommode Rosy. Moi, cette odeur de miel, je trouve ça plutôt agréable.

Je me suis dit : « C'est peut-être le moment de lui parler », et je suis descendue le rejoindre.

« Regardez donc qui vient me tenir compagnie !

s'est-il écrié en souriant, mais d'un seul côté, à cause de la pipe.

— J'aime bien me promener le soir, j'ai répondu.

— Oui, je sais, et regarder les étoiles... Mais c'est un peu trop tôt ! Elles n'apparaîtront pas avant une bonne demi-heure. Si tu veux, on peut les attendre ensemble. »

J'étais d'accord, et on est partis côte à côte en direction des dunes. On marchait en silence. Lui, crachait tranquillement ses ronds de fumée vers le ciel. Moi, je me demandais comment aborder le sujet qui me préoccupait. En fin de compte, j'ai risqué :

« Vous, vous seriez du genre à livrer quelqu'un à la police ? »

Il a pris le temps de retirer sa pipe de sa bouche.

« Ça se discute, mais a priori non. Pourquoi tu me demandes ça ?

— Ben... je viens de lire un bouquin sur la Déportation. Tous ces gens qui ont dénoncé des Juifs...

— Ah oui, je vois où tu veux en venir. Dans ce cas-là, c'est un non ferme et définitif, bien entendu. Je n'ai rien d'un collabo. En temps de guerre, je serais entré dans la Résistance. Je croyais que tu voulais parler de malfaiteurs, c'est pour ça que j'ai hésité.

— Un malfaiteur, vous le dénonceriez ?

— S'il représente un danger pour moi ou ma famille, y a des chances.

— Et autrement ?

— Tout dépend. Il y a des gradations, dans la délinquance. Un petit voyou occasionnel et un mafioso, ce n'est pas la même chose. Je vais te donner un exemple : une nuit, j'ai surpris un cambrioleur, dans mon magasin. Au lieu d'appeler les flics, j'ai discuté avec lui. Il m'a raconté sa vie. C'était un pauvre type qui n'avait pas eu de veine, il faisait ça pour ne pas crever de faim. Je me suis dit : "Ce gars, avec un petit coup de pouce, on peut l'aider à s'en sortir", et je lui ai trouvé un job de manutentionnaire, chez un imprimeur de mes amis. Eh bien, je n'ai jamais eu à le regretter… »

Il a émis un léger ricanement.

« … sauf en ce qui concerne Rosy. J'ai eu droit à une de ces scènes ! Elle m'a même traité d'anarchiste…

— Pourquoi ?

— J'avais soustrait un malfrat à "sa légitime punition", prétendait-elle. S'il récidivait ce serait ma faute, je mettais la société en danger, etc, etc… Ah, j'en ai entendu des vertes et des pas mûres ! C'est tout juste si je n'étais pas devenu l'ennemi public n° 1 ! »

Nouveau ricanement, mélange d'amertume et d'indulgence.

« Que veux-tu, ce n'est pas sa faute : elle ne supporte pas ce qui est illégal. Elle vient d'une famille de magistrats et a été élevée dans le plus strict respect des lois. N'empêche qu'aujourd'hui, Jean-Michel (c'est le nom de mon voleur) vit comme tout le monde, au lieu de croupir en taule ! Et c'est devenu un bon copain ! »

Moi, ce discours m'a bien plu. Théo était vraiment l'homme de la situation, je pouvais lui faire confiance les yeux fermés.

On a encore marché durant dix bonnes minutes. Théo fumait, perdu dans ses pensées. Je cherchais comment formuler ma demande, pour être la plus convaincante possible. Dans la lumière déclinante, des bandes de goélands traversaient bruyamment le ciel.

Bon, fallait que je me décide. J'ai pris mon élan comme pour plonger dans une piscine. Une, deux trois...

« Théo... »

Ma voix était toute rauque. J'avais le cœur qui battait à cent à l'heure. Il m'a lancé un regard surpris.

« Oui, Anna.

— Je... je voudrais t'avouer quelque chose... Un secret entre toi et moi... Un secret très grave... »

On s'est arrêtés. Le ciel était anthracite, avec une ligne plus claire à la frange des dunes.

« Oui… » a soufflé Théo dans l'ombre. Et sa voix était aussi oppressée que la mienne.

Il était trop tard pour reculer, maintenant. Fallait que j'aille jusqu'au bout, quoi qu'il advienne. La vie d'un homme était en jeu. Je pensais à Dylan, dans le bunker glacé. Un fugitif en cavale. Traqué, blessé, inquiet. Écrasé par la fièvre. Dont je tenais la liberté entre mes mains.

Dont je jouais le sort à quitte ou double.

Est-ce que Théo comprendrait ? Oui, j'en étais sûre. Il avait bien sorti un voleur de la mouise, alors !

Rosy, par contre…

« Il ne faut surtout pas que votre femme sache… » j'ai précisé.

Théo a fait un pas vers moi.

« Elle ne saura pas », il a dit.

J'ai senti ses bras m'entourer. Le temps que je réalise, ses lèvres couraient déjà dans mes cheveux.

Je l'ai repoussé avec un hoquet, et j'ai pris mes jambes à mon cou en le plantant là, au milieu du sable. J'ai couru d'une traite jusqu'à la maison. Une fois ou deux, j'ai jeté un coup d'œil par-dessus mon épaule, pour voir s'il me suivait. Mais il était immobile. Sa silhouette se détachait en sombre sur le fin halo nacré de l'horizon, et il ne bougeait pas plus qu'une statue.

Ce n'est qu'une fois enfermée dans ma chambre

que j'ai respiré. Mais je n'en suis pas encore remise !

L'enfoiré de Théo ! Il a cru que je lui faisais du gringue… Jamais plus je n'oserai le regarder en face !

Là, pour la première fois depuis le début de mon séjour, je regrette de ne pas être allée à Spa. D'accord, je m'emmerderais, mais au moins, je serais à l'aise dans mes baskets. Et je n'aurais pas ce goût de pourri dans la bouche.

Papa, maman, vous me manquez. Si c'est ça, grandir, moi, je n'assume plus…

Le 10 août (matin)
Réveil pas frais.

Je me sentais tellement mal, cette nuit, qu'il fallait absolument que je me confie à quelqu'un. Mais à qui ? Pas aux gosses, bien entendu, pas à Rosy (d'ailleurs, ils dormaient tous !). Encore moins à cette ordure de Théo. Il ne restait qu'une seule personne : Dylan.

J'ai résisté. Si j'allais le retrouver en pleine nuit,

est-ce qu'il n'allait pas, lui aussi, s'imaginer je ne sais trop quoi ?

Ça m'a tracassée un bon moment, puis je me suis raisonnée. Et d'un, tous les mecs n'étaient pas des obsédés, heureusement. Et de deux, si je voulais continuer à m'occuper de lui, je ne pouvais le faire que la nuit. En journée, c'était bien trop risqué. Il n'y aurait pas tous les jours des visites aux vieux bateaux de Nieuport !

J'ai éteint la lumière de ma chambre et je me suis accoudée à la fenêtre, histoire d'inspecter les alentours. Si je ressortais, fallait que je sois sûre que la voie soit libre. Est-ce que Théo était encore dehors ?

Hélas, oui. Dans l'obscurité, je distinguais le brasillement de sa pipe. Il s'était assis dans le transat, sous l'arbre, et pendant tout un temps, j'ai cru qu'il s'était endormi. J'étais coincée et bien coincée. Parce que s'il restait toute la nuit dans le jardin, pas question que, moi, j'y mette les pieds, évidemment !

Sale type ! Sale type, sale type, sale type ! Si j'avais eu une poupée de cire à portée de main, je l'aurais percée d'épingles jusqu'à ce qu'il en crève, ce porc ! Comme dans les histoires d'envoûtement !

Après une éternité, il s'est quand même décidé à rentrer. Je l'ai entendu refermer à clé, puis monter l'escalier. Le parquet a grincé quand il est passé devant ma chambre. Mon cœur battait à cent à l'heure et je n'osais plus respirer. J'avais une frousse bleue qu'il ne frappe… Fausse alerte : il n'a même pas ralenti, et est allé, direct, jusqu'à la salle de bains. Dans le silence, la chasse d'eau m'a paru assourdissante. J'ai eu peur que le boucan n'éveille les gosses, mais ça devait être moi qui grossissais tout. C'est souvent le cas, quand on a les nerfs à fleur de peau.

Le sommier a couiné quand il s'est couché. J'ai encore attendu une éternité avant d'oser sortir de ma chambre.

Tout était calme, sur le palier. Un léger ronflement sortait de chez Cédric, dont la porte était restée entrouverte. Y avait pas le moindre bruit chez Théo et Rosy.

Je suis descendue sur la pointe des pieds, en me collant contre le mur. Dans les vieilles maisons, les marches craquent toujours, sauf là où le bois est pris dans la maçonnerie. Avec Mélanie, on a souvent expérimenté le truc, quand on jouait à cache-cache chez elle.

Au passage, j'ai embarqué du pain et du fromage dans la cuisine, ainsi qu'une nouvelle bouteille d'eau. Puis j'ai sorti ma clé, en prenant bien garde qu'elle ne cliquette pas. Quelques instants plus tard, j'étais dehors.

Une chance : la fenêtre de Théo donnait sur l'autre côté. Si jamais, par hasard, il regardait la nuit, il ne pouvait pas m'apercevoir.

J'ai traversé le jardin à l'aveuglette. Deux précautions valent mieux qu'une, inutile que le faisceau de ma lampe donne l'alerte. J'ai attendu d'être dans le bunker pour l'allumer.

Dylan ne dormait pas, il caressait Chaussette. Sacrée Chaussette ! Ma parole, elle ne le quittait plus !

En me voyant arriver, il a eu l'air surpris.

« Qu'est-ce qui se passe ? » il m'a demandé.

J'ai répondu : « Rien, je voulais juste savoir si tu allais mieux. » Il a hoché la tête : « Oui, mais je m'ennuie un peu.

— Tu veux que je t'apporte un bouquin ?

— Bonne idée ! Je dévore tout ce qui me tombe sous la main ! »

Puis il s'est ravisé.

« L'ennui, ce sont les piles. Elles s'usent vite. La lampe commence déjà à baisser, et je ne veux pas risquer de me retrouver dans le noir. »

J'ai promis d'en acheter des neuves dès demain. Des extra-longue durée. Dylan m'a remerciée.

« Au début que j'étais là, avant que tu ne me trouves, je me suis payé un flip d'enfer, a-t-il expliqué. La fièvre me donnait des hallucinations. J'avais l'impression d'être dans un tombeau…

— Une pyramide ? Décidément…

— Non, plutôt enterré vivant, tu sais, comme

ceux qui grattent le bois de leur cercueil jusqu'à ce qu'ils n'aient plus d'ongles...

— Brrrr, quelle horreur !

— Paraît que c'est arrivé plein de fois, dans le temps. J'ai lu un truc dément là-dessus. Plus de vingt pour cent des cercueils qu'on a ouverts, lors d'exhumations, portaient des traces de griffures sur le couvercle.

— Arrête, tu me fiches les jetons !

— N'empêche, c'est ça qui m'obsédait, la première nuit. Et tu veux savoir ce qui m'a permis de tenir le choc ? »

Il a grattouillé Chaussette entre les oreilles.

« Elle. Ses yeux brillaient dans l'obscurité comme de vraies loupiotes. Des heures et des heures, j'ai fixé ces deux points verts qui me raccrochaient à la vie. C'étaient... des bulles d'oxygène pour un noyé, tu vois ? Je me disais : si ces lumières-là s'éteignent, je meurs. Ça peut paraître idiot, après coup, mais sur le moment, je peux t'assurer que je ne rigolais pas. Y aurait pas eu cette chatte, je crois que j'y restais ! »

Chaussette ronronnait comme un hélicoptère. Elle devait comprendre qu'on parlait d'elle. Dylan n'arrêtait pas de la caresser.

« T'as l'air d'aimer les animaux, j'ai dit.

— Ouais, surtout les chevaux.

— Ça, je l'aurais deviné, avec ton tatouage !

— Il représente Source. »

Sa voix s'est légèrement voilée.

« Je l'adorais, cette jument. Elle était vieille, bourrée de rhumatismes, mais c'était ma pote. Je la montais le soir, après mon boulot. (À l'époque, je bossais dans un haras, ce qui me permettait de monter gratoche, sinon, j'aurais pas eu les moyens.) J'évitais de la faire galoper, mais un petit trot de temps en temps lui dégourdissait les pattes. Elle m'attendait toute la journée, et dès que je me pointais, elle accourait vers moi du bout du pré, en montrant ses grandes dents jaunes. On aurait dit qu'elle souriait. Et puis une année, je suis parti en vacances. Et quand je suis rentré, elle n'était plus là. Le patron l'avait envoyée à l'abattoir. »

Bref soupir.

« Au poids de la viande, il l'a vendue. Trois mille balles. Juste ce que j'avais économisé pour mes vacances. Si je n'étais pas parti, j'aurais pu la racheter.

— C'est affreux… Qu'est-ce que t'as fait, quand tu as appris ?

— J'ai quitté mon travail. Et j'ai demandé à un copain tatoueur de me dessiner Source sur la poitrine, d'après une photo. Pour ne pas l'oublier. Et pour ne pas oublier ma décision…

— Quelle décision ?

— Avoir un jour mon propre haras, et récupérer tous les vieux chevaux qui ne sont plus bons à rien, sauf aux petites randonnées pépères. En Camargue, ce genre de chose se pratique beaucoup. Pour balader les touristes dans les marais salants, c'est l'idéal. »

Il s'est tu, a fermé les yeux et s'est laissé retomber en arrière. Parler aussi longtemps avait dû l'épuiser. D'un coup, il me semblait formidablement sympathique. Je l'imaginais sur Source, cheminant pas à pas. Faisant corps avec sa monture. C'était un cavalier, ce mec-là, pas un voyou ! Comme voyou, il était minable. On n'a pas idée de se tromper à ce point-là.

« Pourquoi tu deales ? j'ai demandé à brûle-pourpoint.

— Avec quoi tu veux que je les achète, mes chevaux ? La dope, ça rapporte gros et j'avais jamais eu de problèmes, jusqu'à maintenant.

— Tu prends tous ces risques rien que pour le fric ? »

Il a levé les sourcils. Je devais lui sembler une parfaite idiote.

« Pour quoi je les prendrais, à ton avis ? Pour la gloire ?

— C'est pas ça que je veux dire, mais il y a d'autres moyens, moins dangereux. Et puis le trafic de drogue, c'est plutôt dégueulasse... Tous les jours, des gens meurent d'overdose ! »

Son visage s'est durci d'un seul coup.

« Eh, oh, tu charries, là ! Tu parles sans savoir. C'est du cannabis que je passais, pas de l'héro ni de la cocaïne. Personne n'est jamais mort d'une overdose de shit !

— N'empêche, tu vois où ça t'a mené…

— Stooop ! Tu serais pas en train de me faire la morale, par hasard ? Parce que je t'arrête tout de suite, hein : ma vie, c'est ma vie et elle ne regarde que moi. Tu m'as tiré de la merde, O.K., je t'en suis très reconnaissant, mais basta ! Pour le reste, je n'ai de conseil à recevoir de personne ! »

Sa réaction m'a foutue en rogne. Pour qui il se prenait, ce mec, sans blague ? Il me tombait dessus comme ça, sans crier gare, gâchait mes vacances, me mettait dans une situation impossible vis-à-vis des Hermans, et par-dessus le marché, se permettait de m'envoyer promener. Franchement, y avait de l'abus !

J'étais trop bonne, tiens ! Trois jours que je me décarcassais pour lui, et tout ce qu'il trouvait à me dire, c'est : « Je n'ai de conseil à recevoir de personne ! » Quel minable ! Quelle montagne d'ingratitude ! J'aurais dû tout raconter à Théo dès le début !

De penser à Théo, ma colère est encore montée d'un cran.

« Oh, et puis j'en ai marre ! j'ai crié en me levant.

T'as de quoi bouffer, fiche-moi la paix ! Fichez-moi tous la paix ! »

Et je suis rentrée me coucher. Il était deux heures moins vingt.

(21 heures et des poussières)

Heureusement qu'il y a la plage ! J'ai fait deux heures de sieste, cet aprèm, ça m'a un peu requinquée. Parce qu'à ce rythme-là, moi, je vais finir par craquer !

Rien de spécial à signaler, côté Théo. Comme hypocrite, on fait difficilement mieux. Son attitude vis-à-vis de moi n'a pas changé d'un poil. Comment peut-il être aussi décontracté après ce qui s'est passé ? À sa place, je bafouillerais, je rougirais, je serais super-mal à l'aise. À croire que tout lui glisse dessus sans laisser de traces… En tout cas, je le fuis. J'évite de lui adresser la parole, et surtout de me retrouver seule avec lui. Parfois, je sens ses yeux posés sur moi, et son regard est tellement plein de sous-entendus que je ne sais plus où me mettre.

Qu'est-ce qu'il me trouve, bon sang de bonsoir ? QU'EST-CE QU'IL ME TROUVE ?

J'ai beau essayer de comprendre, ça me dépasse. Quand on est marié avec une Rosy, comment peut-on s'intéresser à une Anna ? Elle a tout ce que je n'ai pas : une jolie chevelure rousse et frisée, un corps bien en chair mais merveilleusement proportionné, des traits fins, harmonieux, des yeux brun-vert pétillants de malice. Et, le top du top, elle est couverte de taches de son comme les actrices américaines. Une nana pareille, c'est un morceau de soleil. Tandis que moi… beuh !

Théo est-il aveugle ou très con ? La question reste posée…

Le 11 août

Décidément, les Hermans mâles ont envie de me faire tourner en bourrique. Quand ce n'est pas le père, c'est le fils. Voilà-t-il pas que ce petit crétin s'est mis en tête d'aller jouer dans le bunker !

Ça a commencé dès le matin. J'étais encore dans le coltard. Faut dire, j'avais tellement de sommeil en retard que, hier soir, je me suis écroulée comme une masse après le souper. Douze heures d'affilée, j'ai dormi. Avec des rêves, mais des rêves…

Sur Dylan, en particulier. Et moi. Dylan et moi, quoi. On était en Camargue, dans le genre de paysage qu'on voit sur les photos : des étendues sans fin où terre et ciel se rejoignent, avec des hordes de juments sauvages galopant à l'horizon, la crinière échevelée. Il montait Source, moi un étalon blanc qui se cabrait sans cesse. À un moment donné, ma monture s'est emballée et est partie à toute vitesse à travers les marais. Ses sabots faisaient jaillir des gerbes d'éclaboussures du sol détrempé. Le vent sifflait à mes oreilles. Jamais je n'avais éprouvé un tel sentiment d'ivresse et de peur mêlées. La certitude que cette course se terminerait mal, que la mort était au bout, mais j'en jouissais quand même. Je hurlais à pleins poumons, sans savoir exactement si c'était de plaisir ou de terreur. Dylan s'est lancé à ma poursuite et, comme dans les cascades des westerns, est arrivé à m'arracher de ma selle. Je me suis retrouvée dans ses bras. Et là, la sensation de vitesse, au lieu de s'arrêter, est devenue si violente que j'ai eu la nausée. C'est ce qui m'a réveillée.

J'étais encore sous cette impression quand Cédric a demandé, la bouche pleine :

« On va jouer à la momie dans le bunker ? »

Ça m'a fait comme un coup de poing dans l'estomac et je me suis étranglée avec mon café. Pendant que je toussais, j'ai entendu Théo répondre :

« N'oublie pas ce que je t'ai dit, hein : interdiction d'aller là-bas sans surveillance ! Si Anna t'accompagne, O.K., tu peux, mais UNIQUEMENT si elle t'accompagne !

— Moi aussi, je veux jouer aux momies ! » a couiné Clémentine, sans même savoir de quoi il s'agissait.

J'ai raclé ma gorge pour gagner du temps, et j'ai répondu : « Pas aujourd'hui, j'ai pas envie. Demain, peut-être…

— Allez, s'il te plaît ! insistait Cédric.

— Je veux jouer à la momiiie ! a répété Clémentine en me secouant le bras.

— On sera des explorateurs qui veulent pénétrer dans la pyramide, se trémoussait Cédric sur sa chaise. Et y aura des obstacles à franchir, des épreuves, une momie qui nous poursuivra… »

Il avait déjà tout mis au point, dans sa tête. Sûr, il y pensait depuis plusieurs jours.

« Ce sera qui, la momie ? a demandé Clémentine.

— Anna, a répondu Cédric sans hésiter.

— Tu pourrais peut-être me demander mon avis, avant de décider à ma place ! » j'ai protesté.

En un éclair, j'avais imaginé la scène : moi, enveloppée de bandelettes, retranchée dans la pièce du fond. Les mômes qui avancent à pas de loup, prêts à rebrousser chemin à la moindre alerte. Moi qui me précipite, les bras en avant : « Hou, hou, je suis la momie de Ramsès II ! Sauvez-vous avant que je ne vous dévoooore ! » Les mômes qui poussent des cris perçants et fuient en débandade pour revenir à la charge trente secondes plus tard.

Bon, jusque-là, ça ne craignait pas trop. Je pouvais, par exemple, prétendre qu'il y avait une malédiction dans la pièce du fond, et les empêcher d'y aller. Mais je sais par expérience comment tourne cette sorte de jeu. Une fois, deux fois, dix fois, on maîtrise la situation. À la onzième, les gamins se déchaînent. L'excitation aidant, plus rien n'arrêterait Cédric. Malgré mes simagrées, il braverait l'interdit, tomberait sur Dylan, courrait prévenir son père…

Un frisson m'a parcouru le dos, et j'ai bien été forcée de me l'avouer : JE NE VOULAIS PAS QUE THÉO TROUVE DYLAN. Pour rien au monde. À aucun prix. Dylan était à moi et à personne d'autre.

J'ignore à quel moment tout avait basculé — peut-être pendant mon rêve ? —, mais le problème Dylan n'en était plus un. D'accord, les jours derniers, je souhaitais qu'on m'en débarrasse (la preuve : mes tentatives de mettre Théo dans le coup… Brrrr, j'en ai des frissons rétrospectifs. J'ai été à deux doigts de vendre la mèche. Si ce salaud ne m'avait pas draguée… Merci, Théo, d'être un salaud !).

Mais c'était fini, j'assumais. Plus question que qui que ce soit découvre mon « protégé » !

J'ai compris ça en une fraction de seconde. Et j'en ai éprouvé un tel choc que j'ai eu une nouvelle quinte de toux.

« Tu as pris froid, Anna ? » s'est inquiétée Rosy.

J'ai répondu que oui, et justement, c'était la raison pour laquelle je n'avais pas envie d'aller dans le bunker. Il y faisait si humide ! Rosy comprenait parfaitement : elle, pour tout l'or du monde, elle n'y aurait pas mis les pieds. « J'ai essayé une fois, et j'ai cru mourir de claustrophobie ! » a-t-elle expliqué.

Cédric tirait une tête de six pieds de long.

« Pourquoi tu ne t'en occupes pas, toi ? a suggéré Rosy à Théo. N'est-ce pas, les enfants ? Ce serait amusant de "jouer à la momie" avec papa ! »

J'ai senti mon cœur s'arrêter de battre.

« Ouais ! Ouais ! » trépignaient Cédric et Clémentine.

Théo n'avait pas l'air ravi-ravi, mais il a quand même accepté.

« D'accord, mais pas tout de suite : j'ai ma bagnole à vidanger d'abord. Si je continue à rouler comme ça, je vais couler une bielle. »

Et devant le visage déçu de Cédric, il a ajouté :

« Tu peux quand même bien attendre une petite heure, non ?

— Tu en profiteras pour faire tes devoirs de vacances », a décrété Rosy.

Si elle croyait réconforter son fils, elle se fourrait le doigt dans l'œil. Dé-goû-té, le môme !

« Pfff, c'est toujours pareil, avec vous : y a jamais moyen de s'amuser… J'en ai marre, marre, marre !

— Moi, je veux faire des devoirs de vacances ! s'est écriée Clémentine.

— Oh, toi, la ferme, espèce de perroquet ! » l'a rabrouée son frère.

Et il est monté bouder dans sa chambre.

J'ai débarrassé la table. J'étais si énervée que j'ai cassé un bol. Fallait absolument que j'intervienne, que je les empêche de mettre leur projet à exécution. Mais comment ? Je n'en avais pas la moindre idée…

Pendant que je lavais la vaisselle en me creusant les méninges, la voix de Théo est parvenue du garage :

« Rosy, t'aurais pas vu mes lampes-torches ? J'en avais deux, et elles ont disparu !

— Y en a une en haut ! j'ai crié. Je vous l'apporte ! »

En fait, ce qu'il fallait, c'est que Théo change d'avis, même si ce n'était pas très sympa vis-à-vis de Cédric. J'étais prête à n'importe quoi pour ça. Vraiment n'importe quoi.

En lui tendant la lampe, une idée m'est venue.

Une sale idée, mais je n'avais pas le choix. J'ai attrapé sa main.

Il m'a lancé un regard perçant, derrière ses petites lunettes rondes.

« Je… je voudrais qu'on aille faire un tour, tous les deux… » j'ai bégayé.

Il a mis ses doigts en porte-voix.

« Rosy, j'ai besoin d'un bidon d'huile, je vais en chercher en ville ! »

Et, en écho, j'ai ajouté :

« Je l'accompagne, faut que je passe à la pharmacie !

— Profitez-en pour ramener du pain, a répondu Rosy.

— Et des glaces à la fraise ! a ajouté Clémentine.

— Et des glaces à la fraise », a ri Rosy.

L'instant d'après, la V.W. démarrait.

Visiblement, Théo attendait que je parle la première. Et moi, je ne savais pas quoi dire. Y avait un malaise à couper au couteau, dans la voiture.

« Alors ? » a-t-il fini par demander.

J'ai haussé les épaules en silence. Ma gorge était si serrée que je n'arrivais plus à respirer. Dans quel merdier je m'étais encore fourrée !

« C'est à cause de l'autre soir… j'ai commencé, à tout hasard.

— Je m'en serais douté… Je t'ai effrayée, c'est ça ?

— Euh… oui, un peu…

— Parce que je suis marié, ou parce que je suis un homme ? »

La V.W. a obliqué sur la droite, pour emprunter la route qui longe la mer. C'était marée montante. Des nuées de mouettes tournoyaient au-dessus du brise-lames en criaillant. Sans doute récupéraient-elles les petits crustacés que les vagues y déposaient, et laissaient à sec en se retirant.

On a stoppé devant la pompe à essence. Théo est descendu acheter son bidon d'huile, pour que son alibi ait l'air vrai. Je l'ai attendu, en résistant à l'envie de m'éclipser.

Mais je n'avais pas le choix, fallait que je tienne. Fallait absolument. Tant que Théo était avec moi, Dylan ne risquait rien.

En fait, le calcul était simple : il était dix heures et quart. Si j'arrivais à retenir Théo jusqu'à midi, tout danger serait écarté, pour aujourd'hui du moins. À midi et demi, on se mettrait à table, et l'après-midi, plage. Il ne me restait plus qu'à croiser les doigts pour que Cédric ne remette pas ça sur le tapis demain…

« Maintenant, la boulangerie ! » a dit Théo en remontant dans la bagnole.

Il a tourné la clé de contact, actionné l'embrayage.

« Tu as réfléchi à la question que je viens de te poser ? »

C'était quoi, encore, cette question ? Ah oui : « Parce que je suis marié ou parce que je suis un homme ? »

« Les deux, j'ai dit. Et puis votre âge, aussi... »

Hochement de tête, soupir.

« Oui, t'as raison, ça fait beaucoup... Beaucoup trop... »

La voiture est entrée dans la ville. Enfin, si on peut appeler cela une ville... Une seule rue commerçante où les magasins de souvenirs s'alignent, les uns à côté des autres. Des bouées, des bobs, de la crème solaire et des maquettes de bateaux de pêche, c'est à peu près tout ce qu'on peut trouver, dans ce bled. Avec le baromètre en coquillage, l'inévitable filet à crevettes et le T-shirt rayé, façon marin.

« Je m'occupe du pain et de la glace pendant que tu vas à la pharmacie, a décidé Théo. Ça nous fera gagner du temps. »

Gagner du temps, alors qu'il restait encore plus de deux heures à perdre ! L'ironie de la remarque, bien qu'involontaire, m'a fait grincer des dents.

Manque de bol, il n'y avait qu'un seul client avant moi. Cinq minutes (à peine !) plus tard, je ressortais avec une provision de Mercryl, Hexomédine, coton hydrophile et Aspégic. De quoi soutenir un siège, plus remplacer tout ce que j'avais « emprunté » dans la trousse de secours de la villa.

« Qu'est-ce qu'on fait, maintenant ? » a demandé Théo.

J'ai proposé une balade sur la plage. Elle était quasiment déserte, à cause de la marée. En fait, il ne restait plus qu'un mince ruban de sable qui se réduisait d'instant en instant.

« T'as pas peur de te mouiller les orteils ? » a souri Léo.

On a laissé nos sandales dans la voiture et on est descendus pieds nus. Théo a retroussé le bas de son pantalon. Moi, pas de problème, j'étais en short.

La plage faisait penser à un étroit sentier, bordé à droite par le mur à pic de la digue et grignoté à gauche par un friselis d'écume.

« Tu as déjà eu des expériences amoureuses ? » m'a demandé Théo sans me regarder.

J'ai répondu que non. Enfin, si, mais ça ne comptait pas vraiment. Une fois, un garçon de ma classe m'avait embrassée de force. C'était il y a deux ans. Il avait mis tout de suite la langue, et j'avais été si dégoûtée qu'après avoir craché tout ce que je pouvais je m'étais lavé la bouche pendant au moins une heure.

Théo s'est mis à rire, toujours sans me regarder.

« Tu devrais réessayer. L'amour, c'est comme le

vélo : après une chute, vaut mieux remonter en selle le plus vite possible ! »

J'ai répondu : « drôle de comparaison ! » en précisant que je ne « remonterais en selle » qu'avec un garçon que j'aimerais vraiment.

« Et il y en a un ? »

L'image de Dylan a jailli dans ma tête, je ne sais pas trop pourquoi. À cause de mon rêve de cette nuit, sûrement. Je me suis imaginée en train de l'embrasser, et ça ne m'a pas dégoûtée du tout, au contraire. Même en mettant la langue. J'ai haussé les épaules. Théo commençait à me gonfler, avec ses questions.

« Il n'y a vraiment personne qui t'attire ? » a-t-il insisté.

Les premières vagues nous atteignaient déjà. On sentait le sol se dissoudre sous la plante de nos pieds, emporté par le reflux. Ça créait un curieux effet de déséquilibre. Bientôt, on a eu de l'eau jusqu'aux chevilles.

J'ai jeté un coup d'œil sur ma montre : dix heures vingt-huit.

« Tu veux qu'on rentre ? a demandé Théo.

— Non ! »

J'ai dû montrer trop d'empressement, parce qu'il a souri.

« Tu es une drôle de petite bonne femme, toute pleine de doutes, de contradictions… D'ailleurs, c'est ce qui me plaît chez toi. Les êtres de certitude m'ennuient profondément. »

Son sourire s'est crispé.

« Rosy est un roc. Un bloc de granit. Elle se retranche à l'abri de ses convictions comme derrière les murs d'une citadelle. Il n'y a pas de place, dans sa vie, pour une quelconque remise en cause de ses valeurs… »

Je ne comprenais pas où il voulait en venir. En fait, je ne comprenais même rien à son discours. C'était pour me draguer qu'il dénigrait sa femme ? Curieuse méthode !

« Oui mais, elle est belle ! » j'ai dit bêtement.

Il s'est arrêté, m'a regardée bien en face.

« Toi aussi, tu es belle !

— Pfff, moi je suis comme il y en a beaucoup !

— Où as-tu été chercher cette connerie ?

— C'est ma mère qui le prétend. »

Il a levé les yeux au ciel.

« Tu veux savoir ce que je pense de toi, moi ? »

J'ai pas répondu. En réalité, non, je ne voulais pas. Surtout pas. Mais j'ai pas osé le dire. D'ailleurs, il était à peine dix heures trente-cinq, il restait encore plus d'une heure à tirer.

Théo a pris mon silence pour une approbation.

« Il y a un personnage qui te ressemble, dans le très beau livre de Christiane Rochefort : *Le repos du guerrier*. Une adolescente aux cheveux courts, légèrement garçonne, qu'elle surnomme, je crois « le jeune chevalier », et qui est mille fois plus attachante que l'héroïne du roman. À elle seule, elle justifie l'histoire, bien que n'y jouant qu'un tout petit rôle. Mais combien de livres n'existent que grâce à une silhouette qui les traverse, et par sa seule présence, leur donne une âme… »

Ce qu'il y a de chouette, avec les libraires, c'est qu'il suffit de les lancer sur leur dada pour qu'ils deviennent intarissables.

« Qu'est-ce que ça raconte ? » j'ai demandé.

Malheureusement, il n'est pas tombé dans le piège.

« Je te passerai le bouquin, je l'ai justement emporté. Mais en tout cas, sache que ta mère se trompe du tout au tout. Tu n'es pas banale, mais unique. Et capable, sans même le vouloir et sans rien faire pour ça, de bouleverser un homme… »

La mer montait de plus en plus. À présent, elle atteignait nos genoux. On a trouvé refuge sur l'escalier de pierre menant à la digue, hors de portée des vagues.

« Faudrait peut-être qu'on y aille, a dit Théo. Rosy va s'inquiéter. »

Le coup du « jeune chevalier » me tournait un peu la tête. J'ai pas eu besoin de me forcer beaucoup pour répondre :

« Pas tout de suite, on est si bien… »

Théo a mis son bras autour de mes épaules et je l'ai laissé faire. On est restés un long moment sans rien dire, à écouter clapoter les remous sur les marches.

« Pourquoi tu as voulu venir faire un tour avec moi, Anna ? » m'a-t-il brusquement demandé.

J'ai fait celle qui n'entendait pas.

« Avais-tu quelque chose de spécial à me dire, ou voulais-tu juste qu'on soit seuls, tous les deux ? »

Ni l'un ni l'autre, Ducon ! J'ai eu un geste confus, comme si je ne pouvais pas — ou ne voulais pas — répondre.

« Tu es une véritable énigme, a soupiré Théo. Une sorte de petit sphinx auréolé de mystère… »

La main, au bout du bras qui tenait mes épaules, s'est avancée vers mon visage, et j'ai senti le pouce frôler doucement ma joue. Il était onze heures deux.

« Vous n'êtes pas heureux en ménage ? » j'ai demandé.

Le pouce, après un temps d'arrêt, a repris son va-et-vient entre ma pommette et mon menton, en s'attardant imperceptiblement au coin des lèvres.

« Tout dépend de ce qu'on entend par "heureux"…

— Ben heureux, quoi ! Votre vie vous plaît ou pas ?

— Elle pourrait me plaire plus… Enfin, disons que pour l'instant, à la minute présente, je suis pleinement heureux. »

Le pouce a exercé une légère pression pour me faire lever la tête. J'ai d'abord résisté, puis cédé. Juste au-dessus, la bouche de Théo était à l'affût, comme un fauve guettant sa proie.

J'ai senti son haleine et je me suis dit : « Ça, ça va nous permettre de gagner au moins une demi-heure ! » Mais à l'instant où ses lèvres effleuraient les miennes, je l'ai repoussé. Fallait pas charrier, tout de même ! Y avait des limites à l'héroïsme !

En temps normal, je me serais levée et je serais partie, pour bien montrer que je n'étais pas d'accord. Logiquement, c'est ce que j'aurais dû faire. Mais il n'était encore qu'onze heures dix… Je me suis donc contentée de changer de position, pour être hors de portée du pouce.

À partir de là, on n'a plus parlé. Durant un bon quart d'heure, on a encore suivi la progression de la mer, qui maintenant souquait contre le mur de la digue. Les embruns ont fini par nous chasser. Quand on est remontés dans la voiture, il était presque onze heures trente.

« La glace aux fraises doit être toute fondue », j'ai dit.

Rosy nous attendait devant la maison, les poings sur les hanches et les sourcils froncés.

« Vous en avez mis, un temps, pour quelques courses ! J'ai cru que vous ne rentreriez jamais !

— On a regardé monter la marée, a expliqué Théo. C'était impressionnant.

— Cédric est furieux, je te préviens ! Finalement, il a décidé que ce serait lui, la momie, et il poireaute depuis des heures avec sa sœur, entortillé dans du papier de toilette. C'est tout ce qu'ils ont trouvé pour se déguiser. Quatre rouleaux, ils m'ont usés ! »

Théo a pris l'air agacé.

« Ceux-là, alors, quand ils ont une idée dans la tête…

— Ne vous en faites pas, je m'en occupe ! »

J'ai couru les retrouver. La chambre était pleine de morceaux de P.Q., et mes deux loupiots ronchonnaient, dans leurs « bandelettes » roses inutiles. Prise d'une inspiration subite, j'ai proposé qu'on prépare des sketches travestis, pour les jouer devant les parents. On fabriquerait tout : l'histoire, les dialogues, les costumes, les affiches…

« Et quand est-ce qu'on ira dans le bunker ? » s'obstinait Cédric.

J'ai répondu que c'était ou le bunker ou les sketches. L'un ou l'autre, mais pas les deux. Après réflexion, il a choisi les sketches, tout en grommelant que ça servait à quoi, qu'il y ait un bunker dans le jardin, si on ne pouvait même pas y aller ?

« Quand tu seras plus grand, tu y passeras toutes tes journées, si ça te chante ! j'ai promis. Un peu de patience, quoi ! Sois raisonnable ! Et puis, pense à ta petite sœur : c'est dangereux, pour elle. Elle peut se blesser comme rien, avec ces bouts de ferraille rouillée qui dépassent de partout ! »

Ça l'a calmé, il n'en a plus reparlé.

En revanche, il a cherché des thèmes de sketches tout l'après-midi.

Le 12 août

Ça m'a fait un effet bizarre de retrouver Dylan, la nuit dernière. Pendant qu'il rongeait sa carcasse de poulet, je ne le quittais pas des yeux. Et c'était comme si je le voyais pour la première fois.

Je vais essayer de le décrire précisément. Il est très brun de peau. Genre gitan, un peu. Gitan au regard bleu. Sa barbe a poussé depuis qu'il est ici, ce qui lui va super-bien. Il a les joues et le crâne râpeux, avec pas exactement des poils, mais une ombre de poils. Son petit anneau d'or luit chaque fois qu'il bouge la tête. Quand il sourit, on dirait qu'il va mordre. Ou embrasser. (Quoique… À la réflexion, ça, c'est juste l'impression que j'ai. Peut-être parce que j'aimerais qu'il m'embrasse ou me morde ?)

Il va beaucoup mieux. La fièvre a bien baissé et il reprend des forces. Sa plaie n'est pas encore cicatrisée, loin de là, mais elle le fait moins souffrir. En changeant son pansement, je l'ai touchée sans répulsion.

Je lui ai raconté mes mésaventures d'hier, et il m'a remerciée.

« T'as assuré ! il a dit, plein d'admiration. Supporter les avances de ce vieux dégueulasse uniquement pour me protéger, c'était très chouette de ta part ! Tu es vraiment une nana en or ! »

Son compliment m'a été droit au cœur. Je crois même que j'ai rougi, en rigolant stupidement. Maintenant, je suis presque fière de ce qui s'est passé avec Théo. Pourtant, sur le moment, j'avais l'impression de me conduire comme une pute...

On a parlé de chevaux, et encore, et encore de chevaux. Sur ce sujet, Dylan est intarissable. S'il avait été moins grand de taille, il aurait fait jockey. Mais éleveur, ça lui plaît encore plus. Dans son haras en Camargue, il ne veut pas seulement des vieilles bêtes, mais aussi quelques jeunes pour avoir des poulains. Une jument qui accouche, paraît que c'est ce qu'il y a de plus émouvant au monde. Et les petits, à peine nés, qui essaient de se mettre sur leurs pattes mais n'y arrivent pas, et retombent en s'emmêlant les pinceaux, c'est un spectacle inoubliable.

Sa voix me prenait au ventre, tellement elle débordait de passion. En l'écoutant, j'avais envie de la partager avec lui, cette passion-là. Je nous imaginais, comme dans mon rêve, cheminant côte à côte sur nos canassons, dans une plaine immense, sous un ciel plus immense encore, avec le vent qui nous fouettait le visage. Et je croyais presque sentir les vibrations de la course dans mon corps.

Puis je regardais sa bouche qui parlait, et elle aussi, j'en avais envie. En même temps, le souvenir de l'haleine de Théo me répugnait. Les deux choses se mélangeaient bizarrement dans ma tête. J'aurais voulu… comment dire ? que Dylan me lave du désir de Théo en, par exemple, m'embrassant. Parce qu'il y a des baisers propres et des baisers sales. Des baisers qui rendent pur et des baisers qui souillent. Pourtant, le geste est le même : deux bouches qui se rencontrent, se goûtent, se confondent. Mais l'important, ce n'est pas ce qu'on fait, c'est ce qu'on ressent. Le baiser-de-force du copain de classe ou celui, raté, de Théo étaient du genre ignoble. Tandis que les lèvres de Dylan, le souffle de Dylan, ça, ç'aurait été une bouffée de rêve et de liberté.

Voilà ce que je me disais, pendant que Dylan me racontait les chevaux, et encore, et encore les chevaux. Quand j'ai regardé ma montre, il était presque quatre heures. Le jour n'allait pas tarder à se lever. Je suis partie à regret. Mais fallait quand même que je dorme un minimum, histoire d'être potable pour les mômes.

Dylan m'a raccompagnée jusqu'à la sortie, en s'appuyant aux murs parce qu'il est encore faible. En fait, il m'éclairait. Je n'avais pas osé aller reprendre ma lampe, dans le garage et j'étais venue à tâtons, tout à l'heure, ce qui est particulièrement pénible. J'ai beau connaître tous les recoins du bunker, maintenant, y circuler dans le noir, merci bien !

Au moment de se quitter, il a pris ma main et l'a serrée dans la sienne. Une poignée de main, mais en mieux. En plus sensuel. J'ai senti mes jambes flageoler.

Dehors, le ciel pâlissait déjà derrière les dunes. J'ai regagné mon lit en vitesse, et je me suis endormie avec le visage de Dylan en gros plan dans ma tête. Je crois bien que je suis tombée amoureuse de lui.

(Plus tard)

Dylan. Dylan. Je t'aime, Dylan. Quand je prononce ton nom, j'ai des fourmis partout. Dylan. Dylan. À chaque seconde, je pense à toi.

(Soir)

Je suis dans ma chambre. Je regarde le bunker. C'est trop fabuleux, ce qui m'arrive. Je vis deux vies, celle du jour et celle de la nuit, dans deux mondes différents mais distants de quelques mètres. En pleine lumière, je suis une adolescente de quatorze ans trois quarts (quinze, dans un mois et quelques), trop maigre, avec des cheveux courts et un long nez, baby-sitter de deux adorables bambins, dragouillée par son patron que le démon de midi travaille. Portrait de petite bourgeoise-comme-il-y-en-a-beaucoup. Mais la nuit, sans que personne le sache, je quitte mon univers banal pour me glisser dans le royaume des ombres. Je deviens une fugitive courant rejoindre son amant (enfin, pas mon amant au sens réel… pas encore, en tout cas. Mais peut-être un jour, qui sait ?), prenant des risques inouïs pour un sublime voyou recherché par la police, auquel j'ai sauvé la vie et dont je tiens la destinée entre mes mains. Wah, c'est d'un romantisme too much ! Je lirais ça dans un bouquin, je n'y croirais pas.

(Encore plus tard)

Il est un peu plus d'onze heures et je bous d'impatience. Mais il est encore trop tôt pour aller au bunker, Théo et Rosy viennent à peine de monter se coucher. J'ai encore une heure, au moins, à attendre. Attendre, attendre… Pfou, j'en ai marre, ma journée s'est passée à attendre. J'ai comptabilisé chaque minute, chaque seconde. J'avais une horloge à la place du cœur.

Mon rendez-vous nocturne avec Dylan tourne à l'obsession. Je me le projette en continu dans mon petit cinéma intime, surtout la scène des retrouvailles, où on se jette dans les bras l'un de l'autre. Oh, nos caresses, nos baisers fous… J'imagine l'ahurissement de Théo s'il savait à quoi je pense, en m'occupant de ses enfants ou en me dorant au soleil. Parce que je suis sûre qu'il me prend pour une oie blanche, ce con !

Je vais écrire, le temps passera plus vite. Ça vaut mieux que de tourner en rond en regardant ma montre toutes les trente secondes, et j'éviterai de me ronger les ongles.

Pour en revenir à Théo, donc, R. À. S., sauf que je l'ai surpris au moins dix fois à m'observer, mine de rien. Je me suis arrangée pour ne jamais rester seule avec lui. Il m'a filé *Le repos du guerrier* que j'ai pris avec moi sur la plage, mais impossible de m'absorber dans le texte. Au lieu des mots de Christiane Rochefort, je lisais *Dylan, Dylan, Dylan* à toutes les lignes.

Plusieurs fois, dans l'après-midi, Théo m'a proposé qu'on aille se baigner ensemble. Mais j'ai prétexté que j'avais mal au ventre, et je suis restée avec Rosy. Elle non plus ne se baigne pas : elle déteste s'exhiber en maillot avec son gros ventre, et préfère rester allongée sous le parasol. On a papoté de tout et de rien, de mes parents, de mes études, de son enfance à elle. Mais pas un mot de ses problèmes conjugaux, elle est bien trop discrète. Dommage, son point de vue sur son mari m'aurait intéressée.

Je ne vois pas pourquoi il la traite de roc. Moi, elle me semble toute douce, au contraire. Très tendre, très « maman ». Mais peut-être essaie-t-il de me la rendre antipathique pour que je n'aie aucun remords à la tromper ? Dans ce cas, c'est vraiment dégueulasse de sa part. Qu'il préfère les « jeunes chevaliers » aux rousses pulpeuses, après tout, pourquoi pas ? Mais qu'il fasse passer Rosy pour une sorte de mégère, là, je ne suis plus d'accord !

En fin d'après-midi, on a vu un truc génial : un pêcheur de crevettes à cheval. C'est une vieille tradition de la région, paraît-il. Deux fois par jour, à marée descendante, les pêcheurs enfourchent d'énormes percherons brabançons pour tirer leurs filets tout le long de la côte. Les chevaux entrent dans l'eau jusqu'à mi-cuisse, et quand ils terminent leur parcours, les filets grouillent de milliers de petites crevettes grises qu'on retrouve le soir même au marché.

Cédric et Clémentine poussaient des cris de joie en suivant le pêcheur, un vieux bonhomme à collier de barbe, en ciré jaune. Ils n'étaient pas les seuls : l'attraction drainait tous les mômes de la plage, et même les parents. Y en a plein qui prenaient des photos.

Du coup, en repartant, on est passés acheter des cartes postales dans les boutiques de souvenirs de la digue. Je vais en envoyer une à mes parents. Cédric voulait un ciré jaune. Au début, sa mère a refusé, mais il a fait un tel tintouin que, finalement, elle a cédé. Clémentine, elle, réclamait un globe de verre avec un phare où la neige tombe quand on l'agite, et l'a eu aussi.

Sur le chemin du retour, Cédric a mis au point un sketche où il jouerait le rôle du pêcheur et moi du cheval. « Et Clémentine, elle sera quoi, la crevette ? » j'ai demandé. Ça les a tous fait hurler de rire.

N'empêche, il m'a donné une idée. Tout notre spectacle tournera autour de l'équitation. On va se fabriquer des crinières en lanières de papier et des masques de chevaux. Quand je l'ai proposé aux enfants, ils ont applaudi, et jusqu'à l'heure du coucher, Cédric s'est exercé à hennir. Sa sœur essayait de l'imiter, mais le résultat n'était pas génial : on aurait dit une charnière qui grince.

Minuit moins dix. Je vais bientôt pouvoir y aller. S'il n'y a plus de lumière sous la porte de Théo et Rosy, je fonce. Bon sang de bonsoir, j'ai les chocottes ! Mes chevilles picotent, mes mollets fourmillent, et c'est comme si je marchais sur des pelotes d'épingles !

Pourvu qu'il y ait encore des trucs consommables dans le frigo. On n'a pas fait les courses, et Dylan a retrouvé un appétit d'ogre. Enfin, au pire, je piquerai une boîte de conserve dans la réserve.

À propos, Rosy a demandé où était passé le reste du poulet. Elle voulait le découper en petits morceaux pour Chaussette. J'ai eu un moment de panique, puis j'ai pris mon air le plus repentant pour

« avouer » que je l'avais mangé. Une petite faim nocturne...

« Décidément, a dit Théo, tu es un oiseau de nuit, toi ! Tu bouffes, tu regardes les étoiles... Ça t'arrive de dormir, des fois ? »

Et Rosy d'ajouter aussi sec :

« Tu as des insomnies, à ton âge ? Ce n'est pas normal, il faudrait le signaler à ton médecin ! »

Sans blague, de quoi je me mêle ?

Le 13 août (sur la plage)

Je profite d'un moment de solitude (Rosy dort et Théo construit un château de sable avec les enfants), pour raconter la nuit dernière.

Dylan m'attendait à l'entrée du bunker, en compagnie de Chaussette. Ah, celle-là, qu'est-ce que j'aimerais être à sa place ! Non seulement elle va où elle veut — et en particulier près de mon Dylan chéri ! — sans avoir de comptes à rendre à personne, mais en plus, il n'arrête pas de la caresser. Veinarde, va ! Si je meurs, je veux me réincarner en chatte !

Bon, inutile de mentir, je ne lui ai pas sauté dans

les bras. Ça, c'est du domaine du rêve. On s'est juste dit bonjour sans se toucher. Puis, à la queue leu leu, lui devant avec la lampe, moi derrière avec Chaussette, on est retournés au fond. J'ai failli mettre : on est retournés chez nous. Parce qu'à force d'y penser, cette pièce glacée, sinistre, au sable humide en guise de sol, me paraît presque agréable, maintenant. Une sorte de... (non, j'ai honte d'écrire ça, c'est d'un tartignole... Allez, tant pis, je l'écris quand même : de toute façon, il n'y a que moi qui le lirai) ; une sorte de petit nid d'amour...

Là, contrairement à hier, c'est moi qui ai parlé. Enfin, Dylan m'a fait parler. Il voulait tout savoir de moi : d'où je venais, qui je fréquentais, quelles étaient mes préoccupations, mes loisirs, etc. Ça m'étonnait qu'on puisse s'intéresser ainsi à ma petite personne, mais en même temps, j'étais flattée. Je lui ai décrit mes parents, mon école chez les sœurs où je vais rentrer en Poésie (il ne savait pas ce que c'était, la Poésie. J'ai dû lui expliquer. En France, on dit la Seconde. Et notre Rhétorique belge s'appelle la Terminale). Ça l'a épaté que j'apprenne le grec et le latin. Lui, il baragouine juste un peu d'anglais et d'espagnol.

« Au moins, c'est utile pour voyager. Mais le latin... Je vois pas l'intérêt de s'encombrer la mémoire avec des langues mortes. À quoi ça va te servir ? »

Je lui ai expliqué que je voulais avoir une licence

en lettres. Ma mère me pousse à devenir prof de français. Moi, je suis plutôt tentée par l'écriture, mais finalement, les deux ne sont pas incompatibles.

Après, je lui ai décrit mon quartier, à Bruxelles : le Quartier Léopold, avec la vieille gare du Luxembourg, le muséum d'histoire naturelle dans son grand parc paysager, le « Caprice des dieux » — ce fameux Parlement Européen en forme de demi-camembert qui gâche le paysage. Et mon chouchou : le musée Wiertz.

Ce musée-là, il a fallu que je le lui détaille par le menu. Faut dire, ça en vaut la peine. Une petite maison du siècle dernier qui n'a l'air de rien, vue de l'extérieur. Mais à l'intérieur, c'est l'Apocalypse. Antoine Wiertz avait la folie des grandeurs, et ne peignait que des scènes effroyables. Résultat : des toiles de vingt, trente mètres de haut, représentant des corps entremêlés, convulsés, des cadavres à moitié dévorés, des démons grimaçants, des guillotinés, des cannibales aux yeux exorbités. De quoi donner des cauchemars, même aux gens qui ont le cœur bien accroché !

Dylan semblait hyper-intéressé. Ce gars-là, il écoute aussi bien qu'il raconte : sans interrompre, et avec un visage frémissant. J'aurais pu continuer jusqu'au matin, moi qui, dans l'ensemble, ne suis pas d'une nature bavarde.

(Plus tard)

Je reprends, parce que Rosy m'a interrompue. Elle voulait que j'aille chercher des esquimaux chez Matassa, le marchand de glaces de la plage. Il a installé sa charrette sur la digue, à peu près à notre hauteur et, toutes les dix minutes, souffle dans sa corne de brume pour rameuter le client. Il ne lui restait plus que de la pistache-vanille, j'en ai ramené pour tout le monde. Du coup, les mômes ont rappliqué en trombe, et Clémentine a pleurniché parce qu'elle préfère la fraise.

(Encore plus tard)

Nouvelle interruption : la malle Ostende-Douvre * passait au loin. Rosy m'a raconté qu'elle l'avait prise, pour partir en voyage de noces. Contrairement à la plupart des gens qui choisissent les pays du sud — because le soleil —, eux sont allés en Irlande. Théo est fou de l'Irlande, paraît-il. Les contrées sauvages, c'est son truc à lui. Et puis, politiquement, leur lutte le séduit.

« On n'a pas arrêté de se disputer, expliquait Rosy en riant. Moi qui rêvais de farniente dans les îles de Polynésie, je me retrouvais sous la flotte à Dublin. Et avec des risques d'attentat, en plus ! Tu parles d'une lune de miel ! Théo était outré : il m'emmenait dans "le plus beau pays du monde" et je n'étais pas contente. Je gâchais son plaisir par mes "caprices d'enfant gâtée", comme il disait. Il m'a tiré la tête pendant toute la durée du voyage, et on a même fait chambre à part. C'est tout lui, ça ! Mon mari est un égoïste pathologique, convaincu d'être la générosité même ! »

La première confidence de Rosy… Ça m'a fait quelque chose. J'en aurai appris, durant ce mois d'août, sur les Hermans ! Vu de l'extérieur, ils ont l'air d'un couple modèle. Mais dès qu'on creuse un peu, tout n'est pas tout rose entre eux, loin de là !

N'empêche, moi, Dylan me proposerait d'aller, par exemple, en Irlande, je le suivrais sans protester. Et le mauvais temps n'y changerait rien. Ni les attentats !

Durant dix bonnes minutes, j'ai rêvassé. Bientôt, la malle n'a plus été qu'un tout petit point à l'horizon, dans les vaguelettes éblouissantes. Et moi, j'étais à bord, accoudée au bastingage, avec Dylan à côté de moi. On regardait disparaître la côte en se serrant l'un contre l'autre.

Chambre à part, pour un peu de pluie et quelques misérables coups de fusil… Pas très amoureuse, la mère Rosy, dis donc ! Enfin, elle s'est bien rattrapée après : ils ont quand même fait trois enfants !

(Soir)

Au retour, Théo n'a pas arrêté de me mater dans le rétroviseur. Chaque fois que je levais la tête, je voyais son regard fixé sur moi. Ça me gênait affreusement. Si jamais Rosy le remarquait…

Oh, il m'agace, ce type, il m'agace !

Enfin… En toute honnêteté, je dois bien reconnaître que c'est quand même flatteur. Parce que, bon, à part celui qui m'a embrassée de force il y a deux ans, les garçons ne se bousculent pas au portillon. Forcément, avec mon physique… « Jeune chevalier », d'accord, le compliment est marrant, mais il ne signifie rien. « Top model » serait nettement mieux ! Malheureusement, des top models avec ma gueule, il ne doit pas y en avoir des masses, ou alors elles pointent au chômage !

Mélanie, d'accord : elle a un côté Julia Roberts (jeune) qui fait craquer les mecs. D'ailleurs, elle collectionne les petits amis. Rosy, ce serait plutôt à Isabelle Huppert qu'elle me ferait penser. En plus grosse. Et Théo… Théo, voyons… Le chanteur Dick Annegarn, peut-être ? Non pas vraiment, mais y a un tout petit quelque chose… Quant à Dylan… Lui, c'est Brad Pitt, sans hésiter.

Et moi, moi, je ressemble à qui ? J'ai beau réfléchir, je ne trouve pas. Charlotte Gainsbourg ? Romane Bohringer ? Non, elles sont un milliard de fois plus jolies que moi. En ce qui me concerne, la seule comparaison qui me vienne, c'est un chicon *. Brad Pitt et un chicon, comme couple, ça aurait l'air de quoi, franchement ?

Qu'est-ce que Théo peut bien me trouver ? Pourquoi risque-t-il des embrouilles avec sa femme pour moi ? À moins d'être spécialement amateur de chicons…

N'empêche, quelque part, ça me trouble. Susciter du désir chez quelqu'un, c'est excitant, même si cette personne vous dégoûte. Comment aurais-je réagi à ses avances s'il n'y avait pas eu Dylan ? Difficile à dire… Peut-être que j'aurais cédé, finalement… Peut-être que j'aurais accepté qu'il m'embrasse, l'autre jour, devant la mer… Et après, je me serais retrouvée dans une merde noire. Parce qu'à tous les coups, il aurait voulu aller plus loin. Les hommes mariés ne se contentent pas d'un flirt. Et alors… oh là là, je n'ose même pas y penser. D'abord, parce que l'avoir, lui, comme premier… beurk ! Et ensuite — surtout ! — parce que mettre un ménage en péril, ce n'est pas mon trip. Je vois le drame d'ici, tiens : le divorce, les avocats, Rosy désespérée, Cédric, Clémentine et Clarisse sans papa. Et pourquoi ? Pour me retrouver avec quelqu'un qui pourrait être mon père…

Dylan a bien raison quand il traite Théo de vieux dégueulasse. Quel autre nom donner à un mec de quarante ans qui drague une fille de quinze ?

(11 h 5)

Moi, c'est par un jeune-pas-dégueulasse que je voudrais être draguée. Mais il ne se décide pas. Pourtant, on est si bien, ensemble… À force de discuter, de se confier, une fabuleuse intimité s'est établie entre nous. Il n'en faudrait pas beaucoup pour qu'elle glisse vers une autre sorte d'intimité. En plus, il sait que je ne lui résisterais pas. Y a des signes qui ne trompent pas : mes regards, mon attitude, lui montrent clairement ce que j'éprouve pour lui. S'il ne comprend pas, c'est qu'il ne *veut* pas comprendre.

Mais peut-être n'aime-t-il pas les chicons, après tout !

Le 14 août

J'ai encore eu droit à des réflexions de Rosy, ce matin. En fin de compte, Théo n'a pas tout à fait tort : elle n'est pas si cool que ça, sous ses airs de rouquine moelleuse !

Elle m'a demandé d'un drôle d'air : « C'est toi qui as terminé le pain, hier soir ? » Toute gênée, j'ai dit oui. « Et le jambon aussi ? » Le jambon aussi.

Elle n'a pas insisté, mais l'expression de son visage était on ne peut plus claire : elle désapprouvait.

« Comment est-il possible de rester aussi maigre en mangeant des quantités pareilles ? a-t-elle ronchonné. Tu n'aurais pas le ver solitaire, toi, par hasard ? »

Je me suis sentie affreusement vexée. Il y avait une sorte d'ironie agressive dans sa voix. J'ai pensé du tac au tac : « Le ver solidaire, plutôt ! » mais ça ne m'a pas fait sourire, même en mon for intérieur.

Théo, qui était entré dans la cuisine sans qu'on le remarque, a surpris la fin de la phrase.

« Laisse donc Anna tranquille, a-t-il jeté à sa femme. C'est de son âge d'avoir bon appétit. »

Puis, en se tournant vers moi, il a ajouté :

« Ne te prive surtout pas, ma grande ! Tout est à ta disposition, tu n'as de comptes à rendre à personne.

— Je ne lui reprochais rien ! » s'est défendue Rosy.

Comme Cédric m'appelait à la rescousse (il peignait son masque de cheval, et ne s'en sortait pas tout seul), j'ai filé sans demander mon reste. Mais ça ne m'a pas empêchée de les entendre se chamailler par la porte entrouverte.

Y a rien de pire que d'être la cause d'une dispute entre adultes. Mes parents sont spécialistes. Régulièrement, ils ont des prises de bec, du genre : « Anna a fait ceci ou cela » (en général, un truc sans importance). « Et alors ? Pourquoi te mets-tu dans un état pareil, ce n'est pas si grave ! » « Pas grave ? Eh bien, qu'est-ce qu'il te faut ! » « Sois un peu indulgente, voyons ! Laisse-la vivre, cette petite ! Tu es tout le temps après elle ! » « Toi, avec ton indulgence, tu lui laisses tout passer. Si elle tourne mal, ce sera de ta faute ! » etc. Et le ton monte, monte, monte. Ça part de rien, et on en a pour des heures. Des fois, ils se font la gueule toute la journée. J'ai toujours pensé que mes « bêtises » n'étaient qu'un prétexte pour se rentrer dans le chou. Ils doivent accumuler des tas de rancœurs l'un contre l'autre, et profitent de l'occasion pour les évacuer. D'ailleurs, la plupart du temps, la discussion dérape très vite sur autre chose.

Cette fois encore, j'ai eu l'impression de servir d'alibi à un règlement de comptes. De mon histoire de sandwich, Théo et Rosy sont passés au budget-vacances qu'ils étaient en train de dépasser, du moins elle l'affirmait. Lui protestait que non, ils avaient à peine entamé la cagnotte. « Je ne te raconte pas de blagues, insistait-il, regarde ! » La porte du buffet a grincé. « Tiens, vérifie ! J'avais tiré quarante mille à la banque, avant de venir. Et il reste… (Chuchotement indistinct)… dix-neuf mille, plus ce que j'ai comme monnaie dans la poche, et toi aussi. On a à peine dépensé la moitié, et nous sommes à la mi-août. Alors ? » Il triomphait. « Ce n'est pas une raison, grognait-elle. Les provisions baissent à vue d'œil » « Normal, avec une bouche de plus à nourrir. Mais faire des histoires à cette pauvre gamine pour un peu de pain et de fromage… À ta place, j'aurais honte ! »

Oups, ça redémarrait sur moi. J'ai préféré pas entendre ça.

« Venez, j'ai dit à Cédric et Clémentine, on va s'exercer à galoper. »

Marrant, quand même, comme les gens décontractés en apparence peuvent être mesquins, parfois… La mère Rosy vient de baisser d'un cran dans mon estime !

(soir)

J'ai encore eu une belle frousse, tout à l'heure !

On était sur la plage quand le ciel a commencé à se couvrir. On n'y a pas pris garde, au début. Jusqu'à ce que le vent se lève. Brusquement, y a eu comme une tornade et les grains de sable sec nous ont fouetté la peau. Clémentine, qui était en maillot, s'est mise à grelotter. Ses petites jambes étaient couvertes de chair de poule. Cédric éternuait. Je les ai rhabillés en quatrième vitesse, pendant que Théo et Rosy rassemblaient les affaires.

En deux temps trois mouvements, la plage s'est vidée, et nous, on a suivi le mouvement. Chargés comme des ânes de nos sacs, serviettes éponges, seaux, pelles, bouées, filets à crevettes — sans oublier le transat et l'encombrant parasol ! — on a regagné la voiture au pas de course.

« Moi, c'est ainsi que je l'aime, la mer du Nord, m'a glissé Théo en chargeant tout dans le coffre. Grise, rebelle, déchaînée. Au soleil, elle m'ennuie, mais dès que le temps se gâte, je la retrouve.

— Faut prendre vos vacances en hiver, j'ai répondu.

— C'est bien ce que je fais. Début janvier, après le coup de bourre des fêtes, je m'accorde toujours une petite semaine de congé pour venir ici. Seul, la plupart du temps. Rosy préfère rester douillettement à Bruxelles avec les gosses, ou aller chez sa sœur, en Campine. »

Je n'avais aucun mal à l'imaginer, dans la Villa des dunes battue par la tempête, en train de tisonner le feu, la pipe au bec. Ou, bravant le crachin, les embruns et le vent, marcher à grands pas le long de la digue, emmitouflé dans son caban. À la mauvaise saison, les stations balnéaires sont désertes, livrées aux mouettes et aux intempéries. On doit s'y sentir seul au monde.

Est-ce que j'aimerais ça, moi ? En sa compagnie, sûrement pas. Mais avec, par exemple, un beau gars style Brad Pitt ? On se baladerait bras dessus bras dessous à la lisière des vagues, en shootant dans les coquillages avec nos bottes. On échangerait des baisers froids qui nous mettraient le feu aux poudres. Quand on n'en pourrait plus d'avoir envie l'un de l'autre, on rentrerait chez nous, on se déshabillerait. Et, des lèvres, je parcourrais le cheval tatoué sur sa poitrine.

Waouh !

« Ouais, j'ai dit à Théo pendant qu'il claquait le coffre. Moi aussi, je crois que ça me plairait, Oostdunkerke en hiver…

— Vous trouvez que c'est le moment de bavarder ? » s'est énervée Rosy, qui poireautait à l'intérieur de la voiture.

L'orage a éclaté au moment où on démarrait. Encore un peu, on se prenait toute la drache * sur le dos !

C'était un véritable déluge. L'eau martelait la carrosserie et ruisselait sur les vitres à la manière d'une cataracte. Comme les essuie-glaces n'arrivaient pas à suivre, Théo a roulé au pas jusqu'à la maison.

Sitôt rentrés, on s'est tous mis à la fenêtre. Il faisait presque aussi sombre qu'en pleine nuit. Les éclairs et le tonnerre se succédaient à un rythme ininterrompu, et c'était magnifique, ces zigzags lumineux qui striaient le ciel au-dessus des dunes.

La pluie crépitait de plus belle, trouant le sable comme un tir de mitraillette.

«Pourvu que ça n'inonde pas le bunker!» j'ai pensé. Mais je n'avais pas trop d'inquiétude : une construction destinée à résister aux balles ne craignait pas quelques gouttes d'eau. Est-ce que Dylan, lui aussi, regardait l'orage? C'était peu probable. Par les meurtrières, on ne voit pas grand-chose : elles ne sont pas plus grandes que des fentes de boîtes aux lettres. À moins d'y coller les yeux, et encore...

«Où elle est, Chaussette?» a soudain demandé Cédric.

J'ai reçu sa question comme un direct au foie.

«Dans une des chambres, sûrement, a répondu sa mère. Elle profite toujours de notre absence pour se coucher sur les lits!»

Cédric est monté comme une flèche, pour redescendre trente secondes plus tard, consterné.

«Je ne la vois nulle part.

— Ce n'est pas grave, l'a rassuré son père. Elle se sera réfugiée sous un arbre, dans les buissons, ou, je ne sais pas moi, dans le bunker...

— Je veux aller la chercher!»

Deuxième coup dans le bide, pire que le précédent. Je me serais crue sur un ring.

J'allais proposer d'y aller moi-même quand Rosy a explosé :

« Ça va pas, non ? Sortir par ce temps, tu es devenu fou, ma parole !

— Chaussette a peur de l'eau ! protestait Cédric.

— Ne t'inquiète donc pas, a rigolé Théo en lui ébouriffant les cheveux. Elle n'est pas en sucre, ta minette, elle ne va pas fondre. Les animaux sont parfaitement adaptés aux phénomènes naturels, tu sais. Mieux que nous, à la rigueur ! »

Mais Cédric ne voulait pas en démordre, si bien que son père lui a promis : « À la prochaine accalmie, on y va ! » J'ai souhaité de toutes mes forces qu'il pleuve encore durant des heures.

C'est alors qu'un léger miaulement nous a tous fait tourner la tête, et la chatte s'est extirpée de derrière la poubelle en s'étirant et en bâillant.

« La voilà, ta bestiole ! a lancé Rosy à Cédric. Ça valait bien la peine de te mettre dans cet état !

— Ouf, on échappe à l'expédition… a rigolé Théo. Nous n'irons donc pas patauger dans les flaques. Je suis soulagé d'un grand poids ! »

Et moi donc !

Comme Cédric ne savait pas comment s'occuper, en attendant le souper, je lui ai suggéré de dessiner. Il était d'accord mais ne savait pas quoi. « Dessine-moi, moi, j'ai dit. En cavalière, par exemple. » L'idée lui a plu. Le dessin est chouette comme tout.

Il me l'a donné. Tout à l'heure, je l'apporterai à Dylan, ça l'amusera sûrement.

Le 15 août (à l'aube)

Je suis heureuse ! Heureuse ! Tellement heureuse que je n'ai pas pu m'endormir, en rentrant. Alors, je me suis accoudée à la fenêtre, et j'ai savouré mon bonheur en regardant se lever le soleil sur les dunes.

Je n'arrive pas à y croire, c'est trop beau pour être vrai. J'ai l'impression de rêver.

On est sortis ensemble, Dylan et moi.

Allez, je vais le réécrire, juste pour le plaisir. ON EST SORTIS ENSEMBLE, DYLAN ET MOI. Je l'aime, je l'aime, je l'aime, je l'aime, je l'aime, je l'aime, je l'aime. Si je m'écoutais, je marquerais ça jusqu'à la fin de la page. Jusqu'à la fin du cahier, même.

Dylan, je t'aime. Dylan, je t'aime. Dylan, je t'aime. Dylan, je t'aime. Et toi tu m'aimes aussi.

Je viens de vivre l'un des plus merveilleux moments de ma vie. LE plus merveilleux. Je vais tout raconter, seconde après seconde, pour pouvoir m'en souvenir, plus tard, sans oublier aucun détail.

Hier, vers minuit, il pleuvait encore. L'orage s'était éloigné, on n'apercevait plus les éclairs, mais on entendait encore le tonnerre gronder au loin. Pas la moindre étoile dans le ciel, mais un matelas de nuages entre lesquels, par moments, la lune apparaissait, pour disparaître presque aussitôt. Tout le monde s'était couché tôt. Comme il n'y a pas de télé, ici, ça raccourcit nettement les soirées. En fait, une fois le souper fini, on n'avait tous qu'une seule envie : se mettre au lit avec un bon bouquin. Sauf Clémentine qui, elle, piquait du nez dans son assiette, assommée par le grand air.

J'ai commencé *Le repos du guerrier*. C'est très bien, mais je n'en suis pas encore au passage du « jeune chevalier ». Vers onze heures, je suis allée faire pipi. Ça m'a permis de constater qu'aucune lueur ne filtrait sous la porte de Théo et Rosy. Ils devaient dormir, ou… En tout cas, ils avaient éteint. J'ai encore lu un chapitre, par prudence, puis je suis descendue, comme d'hab'.

Cette fois, pour éviter les réflexions de Rosy, j'avais prélevé une part sur mon propre repas. Du pain, de la mortadelle, une *Vache qui rit*, deux pommes, que j'avais planqués sous mon assiette, et que j'ai fourrés pêle-mêle dans la poche de ma salopette (la mortadelle a tout graissé, beurk !) en débarrassant la table. Voilà l'avantage de porter des salopettes trois tailles trop grandes : quand les poches sont bourrées, on le remarque à peine…

Il a suffi que je franchisse le seuil pour que la pluie redouble. Papa appelle ça « la loi des vexations universelles » : la tartine tombe TOUJOURS côté confiture, la personne qui termine le rouleau de P.Q. oublie TOUJOURS d'en remettre un nouveau (et nous, on est le suivant), la télé tombe TOUJOURS en panne au moment le plus palpitant du film (ou du match), et la pluie redouble TOUJOURS à l'instant où on sort. Mais il en fallait plus pour me rebuter. J'ai pris mon élan, et j'ai traversé le jardin tout d'une traite.

Quand je suis arrivée au bunker, je dégoulinais de partout. Le dessin de Cédric aussi. Pourtant, je l'avais planqué sous mon sweat.

Comme les jours précédents, Dylan m'attendait dans l'entrée, mais sans Chaussette. (Pas folle, la chatte ! Elle était restée bien au chaud sous ma couette.)

« Oh là là, tu es trempée ! s'est-il écrié. C'est un coup à attraper la crève ! »

Je lui ai tendu le dessin, mais il l'a à peine remarqué. Il m'a entraînée dans la pièce du fond et m'a enroulée dans sa couverture. Je me laissais faire, j'adorais ça. Je tremblais, mais ce n'était pas de froid.

Il a essuyé mes cheveux avec le devant de son T-shirt, puis m'a relevé le menton du bout de l'index et a passé doucement la main sur mon visage. Ses doigts ont parcouru mon front, mes paupières, mes joues, avant de s'attarder longuement sur mes lèvres.

Il avait un regard d'une gravité presque inquiétante. Les ailes de son nez palpitaient un peu. Dans la lumière chiche de la torche, qu'il avait accrochée à une saillie du mur, j'ai vu s'entrouvrir sa bouche. Le bord de ses dents luisait de salive.

Sans un mot, il a rapproché son visage. Et ses lèvres ont happé les miennes.

Je ne me suis pas rebiffée, bien au contraire. J'ai eu le réflexe de me coller à lui. Je me sentais fondre, c'était fou. Devenir toute molle à l'intérieur, presque liquide. Je ne me reconnaissais plus : il aurait pu faire ce qu'il voulait de moi.

Je ne sais pas combien de temps a duré ce baiser. J'avais cessé de respirer. Je ne pensais plus, je ne vivais plus, je n'étais plus qu'attention, que sensation. Ce qui se passait entre nos deux bouches m'éblouissait. J'en aurais pleuré de ravissement.

En écrivant ça, j'ai l'impression de revivre cet instant inouï. Et je vibre tout entière. Dylan, je t'aime, JE T'AIME ! ! !

Après, on a repris notre souffle. Je haletais comme si j'avais couru. Contre ma poitrine, je sentais le torse de Dylan se soulever à un rythme précipité. J'ai pensé : « Source galope sur mon cœur ! » mais j'ai gardé ma réflexion pour moi, de peur de paraître idiote.

C'est alors qu'il a eu cette phrase magique : « Tu es ce que la vie m'a apporté de meilleur depuis longtemps. » Jamais on ne m'avait dit quelque chose d'aussi beau. Même dans un livre, je n'avais rien lu de pareil.

On a recommencé à s'embrasser, et encore, et encore. Ça aurait pu durer jusqu'à la fin du monde sans que j'en aie assez. Je ne me doutais pas que c'était aussi merveilleux, l'amour.

À un moment, je ne sais pas pourquoi, j'ai regardé ma montre. Il était quatre heures moins dix. Je n'en croyais pas mes yeux : le temps avait passé comme un éclair.

« Faut que tu rentres, a dit Dylan en me repoussant doucement. Tu dois dormir un peu. On se retrouvera la nuit prochaine. Je penserai sans arrêt à toi, ça meublera ma solitude. »

Je n'arrivais pas à le quitter. Trois fois, je suis partie, et trois fois je suis revenue sur mes pas. Quand j'ai enfin réussi à m'arracher à lui, il faisait presque jour. La pluie avait (provisoirement) cessé. Je suis remontée dans ma chambre en titubant, comme si j'étais saoule.

Je donnerais dix ans de ma vie pour être plus

vieille d'un jour — enfin, d'une vingtaine d'heures — et courir me jeter à nouveau dans ses bras. Il me manque déjà, c'est terrible. J'ai soif de lui, de sa bouche, de ses mains, de son corps. De sa jument tatouée galopant contre mes seins. De tout ce qu'on n'a pas fait mais qu'on fera un jour… Oh, rien que d'y penser, j'ai des bouffées de chaleur ! Dylan, mon Dylan, toi aussi, tu es ce que la vie m'a donné de meilleur. Et surtout, ce qu'elle me DONNERA de meilleur ! Dorénavant, pour moi, plus rien, plus personne ne comptera, sauf toi.

(soir)

Heureusement que le temps s'est arrangé. Après une matinée maussade, le soleil est revenu et on a pu aller sur la plage. J'ai dormi tout l'après-midi, à plat ventre sur le sable. Ça m'a un peu requinquée.

Ce qui est chouette, à la plage, c'est que je n'ai rien à faire. Autant, à la villa, Théo et Rosy ont tout un tas d'occupations, autant ici, ils sont disponibles. Surtout lui. Comme compagnon de jeux pour ses enfants, faut bien reconnaître qu'il est extra. Aujourd'hui, par exemple, après une partie de foot endiablée, ils se sont tous mis à chercher des tourelles. À chaque fois qu'ils en trouvaient une, on les entendait pousser des cris de joie (ce qui me réveillait, mais je replongeais aussitôt). Cédric a mis les siennes dans une boîte d'allumettes vide qu'il trimballe partout avec lui. Il l'a même placée sous son oreiller, quand il est allé se coucher. C'est son « trésor ».

À propos de Théo, il est venu me trouver, pendant que je préparais des tomates au thon pour le souper. Rosy donnait le bain aux petits, j'étais seule dans la cuisine. Il ne s'est pas décidé tout de suite à parler. Il tournait en rond, ouvrait le frigo, sortait la vaisselle, soi-disant pour m'aider. Mais moi, je voyais bien qu'il y avait autre chose. Je me suis dit : « Pourvu qu'il n'essaie pas de m'embrasser ou de me toucher ! » Je ne l'aurais pas supporté. Maintenant j'appartiens tout entière à Dylan.

En fait, non, il voulait juste mettre quelque chose au point.

« Si ma femme a parfois des paroles blessantes à ton égard, n'y attache aucune importance, m'a-t-il déclaré. Je ne voudrais pas que tu te sentes brimée, avec nous. En nous accompagnant, tu nous rends un grand service et nous t'en sommes très reconnaissants. Au fait, as-tu besoin d'argent de poche ? »

J'ai pensé aux piles de la lampe-torche et j'ai

répondu « oui ». Tout ce que j'avais était parti dans l'achat des médicaments.

Il a ouvert le buffet. Parmi les boîtes en fer contenant le café, le sucre, le thé, etc., il a pris une vieille boîte de chocolat Poulain étiquetée « hamamélis », et en a sorti deux billets de mille francs qu'il m'a tendus.

Il a ajouté que si j'avais faim en dehors des heures de repas, je n'hésite pas à me servir, tout était à ma disposition. « D'ailleurs, au prochain supermarché, tu n'auras qu'à te prendre des friandises à grignoter que tu garderas dans ta chambre. » Je l'ai remercié. Il ne pouvait pas deviner à quel point j'appréciais ! Une provision de Mars, Bounty et autres Nuts, ça fera bien l'affaire de Dylan, je pense !

(Plus tard)

Impossible de lire. Impossible de rester assise. Impossible de faire quoi que ce soit d'autre que tourner en rond. Le temps se traîne comme un escargot. Les aiguilles de ma montre tournent au ralenti. Et ce soleil, qui n'en finit pas de se coucher… Mais grouillez-vous, bon sang ! Je n'en peux plus, moi ! Mon amour me manque !

Il me semble que j'ai quitté Dylan depuis des siècles. Je suis tellement impatiente de le retrouver que j'ai rongé mes ongles au sang. De haut en bas, mon corps n'est qu'une fournaise.

Les bras de Dylan. Les lèvres de Dylan. Ses yeux, sa barbe naissante qui pique et m'irrite le tour de la bouche. Ses mains. De belles mains larges, faites pour caresser le flanc des chevaux et la peau des femmes… La peau d'UNE femme, SA femme, MOI ! ! ! J'écris n'importe quoi, tout ce qui me vient à l'esprit, sans trier. Si seulement ça pouvait faire passer le temps plus vite !

Dylan, Dylan, Dylan, Dylan. C'est le plus beau nom du monde. Le nom de mon amour.

(Minuit moins vingt)

J'ai dû parcourir un bon millier de fois, en pensée, le chemin qui mène de ma chambre au bunker. Et dans quelques instants, ce sera en vrai. Viiiiite ! J'attends encore cinq minutes et j'y vais.

Le 16 août (5 h du mat')

Encore une nuit sans sommeil, et il y a de quoi ! Je suis prise dans un tel tourbillon de bonheur, d'inquiétude, d'impatience, de folie, que j'ai l'impression de ne plus toucher terre. Comme quand j'étais petite et que maman m'emmenait sur le Carrousel de la place Jourdan, celui avec les chevaux qui montent et qui descendent. Euphorie et envie de vomir.

Tu me fais tourner la tête / Mon manège à moi, c'est toi...

J'ai cette vieille chanson d'Édith Piaf dans la caboche, depuis des heures. Papa l'écoutait sans arrêt, à une époque, quand il s'est acheté le CD. Je la trouvais un peu concon. Eh bien, j'avais tort : elle décrit exactement ce que j'éprouve aujourd'hui.

Je suis sur le point de commettre un acte irréparable, le plus important de toute ma vie. J'ai pris ma décision comme ça, sur un coup de cœur. Sans réfléchir aux conséquences. D'ailleurs, les conséquences, je m'en fiche. Je ne changerai pas d'avis, quoi qu'il arrive. Et je ne regrette rien.

Non, rien de rien / Non, je ne regrette rien...

Décidément, Edith Piaf me hante ! Faut dire, elle a parlé d'amour mieux que personne...

On va fuguer, Dylan et moi.

Cette nuit, quand je l'ai rejoint, il m'a serrée dans ses bras à m'étouffer. Puis il a cherché ma bouche, et on s'est noyés dans un baiser fougueux, passionné, violent, brûlant... Les adjectifs me manquent pour le décrire, ce baiser. D'ailleurs, comment décrire ce qui est indescriptible ? Les mots ne sont jamais que des mots, un pauvre assemblage de lettres. Tandis que ce baiser...

C'est seulement après, quand nos lèvres se sont descellées, que Dylan m'a dit : « Je vais partir ».

J'ai cru que je me changeais en bloc de glace. Sans hésiter une seule seconde, j'ai répondu : « Je vais avec toi. »

Il m'a souri d'un air très triste.

« C'est impossible, Anna : j'ai pas un rond, les flics au cul. Toi, tu es mineure... Tu réalises dans quelle galère on se retrouverait ? »

La galère, je m'en foutais. Du moment qu'on était ensemble.

« Et tes parents ? Tu y penses, à tes parents ? Et tes études ? Et ton avenir ? On ne devient pas prof de lettres en courant les routes avec une racaille !

— T'es pas une racaille ! j'ai crié. Et mes parents, j'en ai rien à battre. Mes études non plus.

Je m'en fous de devenir caissière, femme de ménage ou même clocharde, si on est tous les deux ! »

J'ai éclaté en sanglots. Il m'a reprise contre lui en me tapotant le dos et en me caressant la nuque. « Calme-toi, suppliait-il tout bas, calme-toi, Anna... » Mais moi, je continuais à pleurer nerveusement. Alors, il a fait quelque chose d'adorable : il a léché mes larmes.

« Pourquoi tu ne veux pas de moi ? » j'ai hoqueté.

Il m'a ré-embrassée. Sa langue était salée.

« Si j'avais de l'argent, je te jure que je t'emmènerais ! Mais il ne me reste même pas de quoi payer une chambre d'hôtel, même pas de quoi prendre un train. Je vais être obligé de circuler en stop, et d'ici qu'on me reprenne... Ils doivent avoir mon signalement, à la frontière !

— Et ça changerait quoi, les sous ? »

Une idée complètement dingue venait de germer dans ma tête.

« Tout : je pourrais prendre le Thalys * à Bruxelles, y a jamais de contrôle de papiers, dans le TGV. »

J'ai reniflé un grand coup et j'ai dit :

« Du fric, je peux en avoir. »

Il a sursauté.

« Suffisamment ?

— Ouais, au moins le prix de deux allers simples pour la France, et de quoi bouffer quelques jours.

Après, on se débrouillera. On ira en Camargue, tu trouveras un nouveau boulot dans un haras... »

Je m'emballais. Il m'a fait signe de parler moins haut.

« C'est quoi, ce fric ? Ton argent de poche ? Combien tu as ? » a-t-il chuchoté.

J'ai pouffé d'un rire un peu hystérique :

« Pas la peine d'avoir peur, même si je hurlais, personne ne m'entendrait à l'extérieur. Tu pourrais me tuer, si tu voulais... D'autant que c'est la nuit, qu'il n'y a personne dehors, et qu'en plus, la pluie étouffe tous les sons !

— Vaut mieux être prudents, malgré tout, on ne sait jamais. En attendant, t'as pas répondu à ma question... »

Son médius se promenait sur ma figure, du menton à l'oreille en longeant la mâchoire, puis de l'oreille à la tempe, et ainsi de suite. Un peu comme les aveugles, lorsqu'ils veulent repérer les traits de quelqu'un. J'en avais des frissons jusqu'au bout des orteils.

« Je sais où Théo range ses kopecks. Dix-sept mille balles, à peu près. Avec ce que j'ai, moi, ça fait autour de vingt mille. C'est pas le Pérou, mais ça permet de voir venir... »

Dylan a hoché la tête d'un air pensif.

« Ouais, ça permet... »

J'étais si excitée que je sentais toute ma peau crépiter. Mon cerveau tournait à cent à l'heure.

« Voilà ce qu'on va faire. Demain, je prends l'argent, quelques fringues de rechange, et je viens te retrouver comme chaque nuit. Sois prêt à partir. L'arrêt des trams pour Ostende est juste de l'autre côté de la dune, le long de la digue. Il nous emmènera à la gare d'Ostende. Y a des trains pour Bruxelles, même la nuit. Ensuite, TGV direction Paris. Personne ne se rendra compte de mon absence avant demain matin, et à ce moment-là, nous serons à des centaines de kilomètres. »

Dylan me regardait avec de grands yeux. Il a émis un petit sifflement admiratif.

« T'es la reine de l'organisation, toi ! On dirait que t'as fugué toute ta vie ! »

Bon, je ne parle pas des câlins et des bisous qui ont suivi, parce qu'après, il s'est encore passé un sacré événement : vers quatre heures, quand je suis remontée dans ma chambre, Théo m'y attendait, assis sur mon lit.

En ouvrant la porte, j'ai eu un tel choc que j'ai failli tomber à la renverse.

« Ben… où t'étais ? » il m'a demandé.

J'ai dû m'y reprendre à plusieurs fois pour parvenir à bredouiller :

« Qu'est-ce que vous faites ici ?

— J'avais envie de discuter avec toi… Mais d'où viens-tu ? »

En fait, il semblait aussi embarrassé que moi. Ça m'a rendu un peu de sang-froid.

« Vous savez bien que j'adore regarder les étoiles !

— Tu ne dors donc jamais ?

— Ben… à force de faire des siestes sur la plage, je n'ai plus trop sommeil, la nuit… »

Est-ce qu'il a été dupe ou pas ? Je n'en sais rien. En tout cas, il n'a pas insisté.

« Vous devriez vous en aller, j'ai dit. Si jamais Rosy nous surprenait…

— T'as raison », il a répondu. Mais il n'a pas bronché.

On s'est regardés un petit moment. Il avait l'air d'un chien à qui on refuse un sucre. Je l'ai trouvé pitoyable.

« Mais qu'est-ce que vous me voulez, à la fin ? » j'ai demandé.

Ma propre assurance m'a surprise. Ses avances ne m'impressionnaient plus. Maintenant, entre lui et moi, il y avait une barrière infranchissable : mon amour pour Dylan.

D'ailleurs, dès demain, je ne le verrais plus, ce Théo de malheur. Qu'avais-je à redouter de quelqu'un qui allait disparaître comme ça, pfuit, de ma vie, mais ne le savait pas encore ?

« Qu'est-ce que tu penses de moi ? a-t-il demandé en fuyant mon regard.

— Que vous avez envie de tromper votre femme. »

La réponse est sortie, si cassante, si nette, que je me suis étonnée moi-même. Il m'a semblé que Théo se ratatinait, sous le coup.

« On peut dire ça comme ça… a-t-il murmuré. C'est dur, mais on peut. Sauf que cette “envie” n'en est pas une, mais un besoin bien plus profond, plus douloureux. Je donnerais n'importe quoi pour un peu de tendresse, Anna…

— Celle de Rosy ne vous suffit pas ?

— De la tendresse, Rosy ? Tu plaisantes ? Je cherche quelqu'un qui me comprenne, qui m'accepte tel que je suis, sans me juger…

— Mais pourquoi moi ? Ce ne sont pas les femmes qui manquent ! »

Il a hoché la tête plusieurs fois de suite.

« Tu es la seule qui m'attire…

— Parce que je suis la seule que vous ayez sous la main ! »

Ma propre dureté m'ahurissait. Mais bon, je ruminais ma rancune depuis le début des vacances, alors, forcément, pour notre dernière conversation, je mettais le paquet !

« C'est vraiment ce que tu ressens ? a-t-il soufflé.

— Oui.

— Tu dois me détester, alors ! »

J'ai réfléchi quelques secondes.

« Non, mais je vous apprécie moins qu'avant. Avant, j'aurais aimé avoir un père comme vous. Maintenant plus. »

J'ai vu son visage s'allonger.

« Excuse-moi », il a dit.

Il était très pâle. Sa pomme d'Adam montait et descendait à toute vitesse le long de son cou.

« Excuse-moi, il a répété. Tu viens de me donner une leçon que je ne suis pas près d'oublier. Dommage qu'elle ne soit pas venue plus tôt… Si, dès le début, tu m'avais dit "non" clairement, comme tu viens de le faire, nous aurions, l'un et l'autre, évité bien des erreurs. Mais ton attitude était si ambiguë, si incompréhensible. Tu semblais me solliciter, et dès que je faisais un pas vers toi, tu t'enfuyais. Or, quelqu'un qui fuit, on n'a qu'un désir : lui courir après…

— Qu'est-ce que je pouvais faire d'autre, à votre avis ? Vous gifler, vous cracher à la gueule ? Vous traiter de tous les noms ? Cafter à Rosy ? Vous étiez terrifiant, merde ! Je ne savais plus où j'en étais, moi, avec vous… »

Sans m'en rendre compte, j'avais élevé la voix. Théo a eu presque le même geste que Dylan, tout à l'heure, pour me demander de parler moins fort.

« J'ai manqué de discernement et je t'en demande pardon, a-t-il repris au bout d'un instant. J'attendais de toi des réactions de femme lucide, alors que la confusion est justement le propre de l'adolescence. Quel idiot j'ai été ! Idiot et inconscient… J'ai laissé courir mon imagination comme un gamin, au risque de commettre des dégâts irréparables… »

Il s'est levé et s'est dirigé lentement vers la porte.

« Tu es une fille bien, Anna. Un jeune et preux chevalier… »

Une bouffée de honte m'a suffoquée sans crier gare. Parce que le preux chevalier en question, eh bien, il s'apprêtait à aller piquer le Graal, dans le buffet de la cuisine. Au fond d'une boîte de chocolat Poulain étiquetée « Hamamélis ». Et ça, honnêtement, ce n'était pas très glorieux…

Heureusement, mes scrupules n'ont pas duré longtemps. Y a des choix, dans la vie, et j'avais fait les miens. Dylan, pas Théo. Le vol, pas l'adultère. L'amour, pas le confort bourgeois. La clandestinité et la misère, pas la Poésie chez les sœurs.

Non, rien de rien / Non, je ne regrette rien...

Ce soir, il va falloir jouer serré. Mon avenir et celui de Dylan en dépendent. Enfin, au moins, je n'aurai plus Théo sur le dos, c'est déjà ça.

(8 heures et demie)

Sur le coup des six heures, j'ai quand même fini par somnoler un peu. Et alors là, boum ! le cauchemar. J'ai rêvé de mes parents. Un rêve si réaliste que j'en suis encore bouleversée. Ils pleuraient tous les deux, et parlaient de moi comme si j'étais morte. « J'ai perdu ma fille, disait maman. La maison est vide, sans elle. Je n'ose plus passer devant la porte de sa chambre, parce que je sais qu'elle n'y reviendra plus jamais. » « Elle travaillait si bien en classe, ajoutait papa. Elle aurait pu faire de brillantes études de lettres, d'autant qu'elle était douée pour écrire. Je lui prêtais souvent mon ordinateur. Elle avait son propre fichier, nommé "œuvres Anna". À plusieurs reprises, elle a commencé des romans qui ne manquaient pas de qualités littéraires ! » « Dans un mois, elle allait fêter ses quinze ans, reprenait maman. Nous lui avions déjà acheté son cadeau : le blouson en mouton retourné dont elle rêvait. Chaque fois que je le regarde, les larmes me montent aux yeux. » Et tout sur le même ton jusqu'à ce que je me réveille, il y a une demi-heure. Bourrée de culpabilité.

Dès que je serai en France, je leur téléphonerai. Non, je leur écrirai, plutôt. Par lettre, on s'explique mieux. Et ça m'évitera d'entendre leurs voix. Les reproches, les supplications, je n'assumerai pas.

N'empêche, j'ai pas le moral. Avec le manque de sommeil en plus, c'est lourd à porter. Très lourd. Faut vraiment que j'aime Dylan plus que moi-même pour arriver à supporter tout ça !

(15 h, plage)

Rosy a trouvé que j'avais une mine de déterrée. Elle a pris son mari à témoin. L'ennui, c'est qu'il ne valait guère mieux. On a l'air de deux zombies. C'est l'amour qui nous ronge, mais pas de la même personne.

(15 h 20, plage)

Dommage pour Cédric que je parte demain : il ne donnera jamais sa représentation. Il l'a si bien mis au point, son numéro de cheval. Et son masque, il est tellement chouette !

Pauvre bichounet, comme il va être déçu !

(16 h 5)

Clémentine est tombée dans une mare et un petit crabe lui a piqué les fesses. En la consolant, je me suis dit : « C'est la dernière fois. » Il ne s'en est pas fallu de beaucoup que je pleure avec elle.

(17 h)

Je t'aime, Dylan. Je veux vivre avec toi.

Le 19 août

Avant-hier, je n'ai pas pu écrire. Je n'en étais pas capable. Hier non plus. Mais aujourd'hui, faut que je fasse l'effort. Ça m'aidera à me remettre les idées en place. Et à surmonter ma déprime.

Il y a deux jours, donc, j'étais bien décidée à partir avec Dylan, après avoir chouré le fric des Hermans. Mon plan était parfaitement au point. Comme chaque nuit depuis plus de deux semaines, j'ai attendu que tout le monde soit endormi pour descendre sur la pointe des pieds. Sauf que cette fois, j'avais mon sac en plus, avec mes vêtements, mes papiers d'identité et ma trousse de toilette.

Crochet habituel par la cuisine, mais pas pour de la bouffe, cette fois. Pour le chocolat Poulain…

Le chocolat Poulain. Brusquement, la coïncidence m'a frappée. Que ce soit justement un cheval, le gardien de « nos » sous, n'était-ce pas un signe du destin ? J'ai empoché la totalité des billets avant de remettre soigneusement la boîte en place.

À cette seconde précise, je me souviens que j'ai pensé : « Ça y est, ma vie vient de basculer ». Je ne me doutais pas que ce serait aussi facile. Devenir une délinquante, finalement, c'est à la portée de tout le monde. Ce n'est qu'une question de circonstances… À partir de maintenant, je suis une mineure en fugue et une voleuse. Mais j'ai trouvé l'amour avec un grand A. Qui donc a dit : « *Il lui sera beaucoup pardonné parce qu'elle a beaucoup aimé* » ?

Ouais, tout ça, je l'ai pensé en glissant l'argent dans la poche de ma salopette, et ça m'a procuré une sorte d'ivresse. Si j'avais su…

Cinq minutes plus tard, je déboulais dans le bunker. Il était vide.

Je n'en ai pas cru mes yeux, tout d'abord. Je me suis dit : Dylan s'est caché, il m'a fait une blague. Mais j'ai eu beau fouiller tous les recoins en criant : « Dylan ! Dylan ! », il a bien fallu que je me rende à l'évidence. Dans la pièce du fond, il ne restait que Chaussette, roulée en boule sur la couverture pliée en quatre. Et une lettre, écrite au dos du dessin de Cédric.

C'est la plus belle lettre qu'on puisse imaginer, et la plus terrible. Je vais la recopier texto :

Je pars. Pas parce que je ne t'aime pas, Anna, mais parce que je t'aime trop. Je ne veux pas te faire de mal. Tu es ce que j'ai connu de plus beau et de plus pur depuis ma naissance, je ne te souillerai pas. Nous ne sommes pas du même monde, tes valeurs ne sont pas les miennes. En renonçant à ton avenir, en quittant ta famille, en prenant l'argent de tes patrons, tu vas te trahir, te perdre. Nos routes se sont croisées par le plus grand des hasards. Tu m'as sauvé la vie, redonné l'espoir, permis de croire quelques jours au bonheur. Je t'en serai toujours reconnaissant. Mais nos routes se séparent ici. En apparence, du moins. Car à défaut de partager mon destin, tu illumineras à jamais ma mémoire.

Le jour se lève et je m'en vais. Quand tu liras ces lignes, je serai déjà loin, si les flics ne m'ont pas mis le grappin dessus. J'ai pris ma décision juste après ton départ. Elle m'a demandé un courage que je ne croyais pas avoir, et que seul l'amour a pu me donner.

Merci pour tout, et surtout d'être toi. Ne change jamais. Tu es très jeune, tu m'oublieras, tu aimeras d'autres hommes. Je les envie. Tu es ce que la vie m'a donné de meilleur, même si ça n'a duré que l'espace d'un éclair.

Dylan.

Je suis restée longtemps pétrifiée. Les yeux secs, avec un hurlement à l'intérieur de moi. La fin du monde doit ressembler à ça. En moins pire.

Les heures ont passé sans que j'en aie conscience. Au petit matin, j'ai pris la couverture sous un bras, la chatte sous l'autre, et je suis rentrée tête basse à la villa. J'ai remis les sous dans la boîte de chocolat Poulain. Je suis remontée dans ma chambre. J'ai relu la lettre, une fois, deux fois, dix fois, jusqu'à la connaître entièrement par cœur. Puis je me suis regardée dans la glace, et je me suis trouvée belle.

Glossaire

P. 17 : Autostrade : c'est ainsi qu'en Belgique, on appelle les autoroutes.

P. 49 : Brûlant : remontée digestive acide.

P. 100 : La malle Ostende-Douvre est un paquebot faisant, deux fois par jour, l'aller-retour entre la côte belge et la côte anglaise.

P. 103 : Le chicon est le nom belge donné à l'endive, que l'on appelle aussi chicorée de Bruxelles.

P. 110 : Drache : pluie violente en patois wallon.

P. 124 : Le Thalys est le TGV qui relie Paris à l'Allemagne, en traversant la Belgique.

Dans la collection

Lampe de Poche
13 ans et +

Ne pas tout dire
Shaïne Cassim

---

*Cet ouvrage a été composé par l'**Imprimerie Bussière***
*et imprimé sur presse Cameron par **Bussière Camedan Imprimeries***
*à Saint-Amand-Montrond (Cher) en février 2000 pour le compte des éditions **Grasset***
*61, rue des Saints-Pères, 75006 **Paris***

N° d'Édition : 11443. N° d'Impression : 203-000417/1.
Dépôt légal : février 2000.

Imprimé en France

ISBN 2-246-59861-3